警犬汉克历险记45

天空塌陷事件

作 者

［美］约翰·R.埃里克森

插画家

［美］杰拉尔德·L.福尔摩斯

译 者

陈夏倩 英尚

浙江工商大学出版社

ZHEJIANG GONGSHANG UNIVERSITY PRESS

图字：11-2011-207 号

图书在版编目（CIP）数据

天空塌陷事件 /（美）埃里克森（Erickson, J. R.）著；
陈夏倩，英尚译 . —杭州：浙江工商大学出版社，2015.3
（警犬汉克历险记；45）
书名原文：The Case of the Falling Sky
ISBN 978-7-5178-0143-6

Ⅰ. ①天… Ⅱ . ①埃… ②陈… ③英… Ⅲ . ①儿童故
事—美国—现代 Ⅳ . ① I712.85

中国版本图书馆 CIP 数据核字（2013）第 292307 号

天空塌陷事件

[美] 约翰·R.埃里克森 著

陈夏倩 英尚 译

出版发行	浙江工商大学出版社
出 品 人	鲍观明
版权总监	王毅
组稿编辑	玲子
责任编辑	罗丁瑞 黄静芬
策划监制	英尚文化 enshine@sina.cn
营销宣传	北京大地书苑图书发行有限公司
设计排版	纸上魔方
印 刷	北京市全海印刷厂
开 本	710mm×1000mm 1/16
印 张	8
字 数	100 千字
版 印 次	2015 年 3 月第 1 版 2015 年 3 月第 1 次印刷
书 号	ISBN 978-7-5178-0143-6
定 价	19.80 元

此书献给克莱尔·路易斯

牧场全景图

1. 盖岩高地
2. 通往特威切尔市的道路
3. 通往高速公路和83号
   酒吧的道路
4. 马场
5. 斯利姆的住所
6. 蛋糕房
7. 器械棚
8. 翡翠池
9. 鲁普尔一家住所
10. 比欧拉所在牧场
11. 邮筒
12. 油罐
13. 狼溪
14. 黑森林

出场人物秀

汉克

　　牛仔犬，体型高大。自称牧场治安长官。忠诚又狡黠，聪明又愚蠢，勇敢又怯懦。昵称汉基。

卓沃尔

　　汉克忠诚但胆小的助手。个子矮小，执行任务时，经常说腿疼，让人真假难辨。

皮特

　　牧场里的猫，喜欢和汉克作对，但与卓沃尔关系不错。

克拉克

牧场上的公鸡首领。

鲁普尔

汉克所在牧场的主人，萨莉·梅的丈夫。

萨莉·梅

牧场女主人，因不喜欢汉克的淘气和邋遢，与汉克的关系时好时坏。

斯利姆

　　牧场的雇员，牛仔，独身，生活较邋遢。

阿尔弗雷德

　　鲁普尔与萨莉·梅的儿子，是个活泼、好动的小男孩儿。

莫莉

　　鲁普尔与萨莉·梅的女儿，阿尔弗雷德的妹妹。

永远不要相信西红柿……

"卓沃尔，我曾经提醒过你，不要当着猫的面谈论事情。他不是我们组织的成员，我们不能让他听到我们的事。"

"噢，你的意思是……"

"我的意思是，我们档案里的情报显示他可能在敌人那边有职务。"

"你是说……就像黄秋葵，或者西红柿？"

我凝视了这个小矮子一会儿。"什么？"

"你认为皮特是一个西红柿？"

"我说皮特是西红柿了吗？卓沃尔，你在说什么呢？你怎么能问出这么荒谬的问题？"

"噢……你说他是一个植物，而所有的植物都是蔬菜，所以我就认为……"

我把他说的话想了想。"噢，我现在明白了。你弄混了我所说的'职务'。仔细听着，我可不想再说一遍。"

"什么？"

"我说，仔细说着，我可不想再听一遍。这两个词发音相同。一个是'植物'，也可以说是蔬菜，但是'职务'的意思是'敌人任命的间谍'。"

卓沃尔的眼睛瞪大了。"噢，你的意思是……西红柿在监视我们？"

目录

第一章

夜里令人
毛骨悚然
的声音

又是我，警犬汉克。有时候你会有一种感觉，一种令人不安的感觉，有什么地方不对劲。也许是在你从睡梦中惊醒的时候，也许是你听到了黑暗中细微的响声，然后你会感觉有东西在脖子后面蠕动。

你抬起头，竖起耳朵。你屏住呼吸，仔细听。也许你能听见什么，也许你什么也没有听见，但是你确信肯定出状况了，有什么东西或什么人就在外面的黑暗里。

事情就是这样开始的。三月一个有风的夜晚，我正在十二楼治安部宽敞的综合办公室里。在过去的几天，开始的时候还一切正常，然后就变成了连续十八个小时的累死狗运动。在这儿，工作永远没有做完的时候。工作，操心，经营牧场所带来的能压垮人的责任……堆得像山一样。

我坐在桌子旁，在阅读一大堆的……

等等。说实话，我是在油罐的下面，睡在我的粗麻袋床上，就是承认了我也不会感到羞耻。所有的狗每天都需要睡上一会儿，即使是牧场治安长官。抓紧时间打个盹儿，没有什么可感到羞耻或不光彩的，对吧？

当然了。我们牛仔犬对自己有非常高的标准，对自己的要求比那些普通的杂种狗要高得多，但是尽管如此，我们最终也必须闭会儿眼睛，放松一会儿对世界的控制，进行一会儿康复性的睡眠。

这就是我正在做的，让筋疲力尽的身体复原，补充我身体必须的宝贵液体。我睡了只有几分钟……好吧，就算是几个小时，但关键的是在漆黑的夜晚，我从沉睡中醒来，跳下床，感觉到脖子后面有东西在蠕动。

我眨了眨眼睛，盯着……噢，黑暗中。非常黑，我什么也看不见，但是我知道有什么地方不对劲。

我打开我大脑里的麦克风。"鲣鸟，我是鳕鱼。你听见了吗？"

我屏住呼吸，等待着回答。有回音了。"收到。接到。找到。"

"卓沃尔？你在听吗？"

"黑暗收到鳕鱼，呼噜……"

"卓沃尔，回答我。我们没有时间废话。我有种感觉，附近发生了奇怪的事情，完毕。"

在无线电的噼啪声中，我听见他说："一万只玩具熊在用秋葵汁刷牙。黑暗中有布丁屑。"

你看见我必须要忍受什么了吧？牧场治安长官的助手正在睡眠中消耗他的生命。他不知道，或者也不关心我们的牧场将面临的危险，我也没有时间再跟他废话了。

我发出了最后的通牒："卓沃尔，你的行为令人震惊，也很不光彩，这些将写入我的报告里。"

"模糊的泡沫。"

"别跟我争论。这都是你自找的，你必须承担后果。很抱歉，事情会变成这样。"

"甲虫炸弹，鳕鱼像女人的手指。"

"我要去执行一项危险的任务。如果我在两个小时之内没有回来，就派出增援部队。完毕，出发。"

"肮脏的铁路花。"

我在那儿站了一会儿，想到怎么能指望我跟这样的笨蛋一起保卫牧场……噢，还是算了。待会儿我再收拾卓沃尔，现在，我还有工作要干。

我离开了办公室，乘电梯来到了底层，大步走出了治安部宽敞的综合办公室……可以说是，进入了幽灵般的黑夜里，而这黑暗中充满了怪异。我不得不在没有后援的情况下去完成这次任务。我的意思是，卓沃尔即使是在清醒的时候，也帮不上什么忙，但是他至少还能做个伴。

有时候，当我们在半夜里去执行任务的时候，身边有个活物总是好点儿，即使是卓沃尔这样毫无用处的人。但是今天晚上，我必须独自去面对黑暗和工作中可怕的孤独。

我把鼻子贴着地面，打开了嗅觉雷达的所有线路，开始用嗅觉探测这个区域。来回地探测，反复地探测。这可不像你所想象的那么简单，因为在这个案子中我还没有线索和目标。我所有的……噢，只不过是感觉有不好的事情在发生。

这些还远远不够，但是有时候在我们的治安业务中，侦破工作就是从这里开始的。

我探测了油罐西面的区域，没有发现什么不正常的情况。这时我开始怀疑，难道是我在梦里听到的？你知道，如果一个人工作得疲惫不堪，有时候这样的事情就会发生。他开始幻想……

等等！你听见了吗？也许没有，因为你不在现场，但是我听见了。在宁静的夜里显得非常清楚：一种咯咯声，可能是鸡的咯咯声，声音来自……鸡舍的方向！

你明白其中的联系了吗？我们的鸡晚上睡在鸡舍里……也许这是显而易见的，所以咱们往下说。

由于我收集到的是声音，而不是气味，所以我关闭了嗅觉雷达，打开了活跃的听觉扫描仪。我调节着频率旋钮，两个功率强大的微波接收器开始聚焦……好了，又是一声，鸡的咯咯声。

你看？我的直觉是对的吧。有奇怪的事情在发生，现在我有了这个案子的第一个目标。

我的心开始快速地跳动，我蹑手蹑脚地向声音走去——穿过了萨莉·梅的园子，经过了翡翠池，上了山坡。当我到了山坡的顶二，我停下来喘口气，侦查一下情况。

在宁静夜晚的黑暗里，我听见了……更多的咯咯声。

噢，目标确定了。我不知道我将在鸡舍里发现什么样的魔鬼或怪物，我是否能活下来把这个故事告诉大家。但是你知道吗？这些都不重要。作为牧场治安长官，你只能尽力做好你的工作，希望会有最好的结果。

我启动了接敌程序，爬得越来越近了，越来越近了，直到我站在了鸡舍的门前。在那儿，我停下，听着。嗯。我听见小鸡们的咯咚声，也可以说是，小鸡们在小声说话，这让我感到非常奇怪。鸡在夜里是不说话的……对吗？我认为她们不会说话，她们应该睡觉。

好了，该是知道真相的时候了。我必须突袭鸡舍，我没有理由放弃。无论如何，只需要五分钟一切都会结束的。我深吸了一口气，命令自己锁定目标，装弹，突袭鸡舍。

我冲进了门。"好！牧场治安部！不许动，火鸡们，你们被捕了！举起手来，朝天上举着，站到地上，都下来！这是突击搜查！"

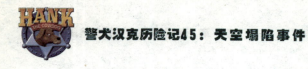

这是一次令人印象深刻的突击，是我职业生涯中最棒的一次。我站在鸡舍的中间，有二十八双鸡眼睛在盯着我。她们把翅膀举过头顶，我吸引了她们全部的注意力。我必须承认……噢，我觉得很享受，你知道，也可以说是，作为舞台的中心，享受着观众专心致志的注视。

我知道，她们只不过是一群傻鸡，但还是……觉得很好玩。

我跌跌撞撞地在鸡舍里穿行，怒视着每一双眼睛。"好了，这里发生了什么事？"沉默。"我们知道你们这些鸟在闹事。我们已经监视这个地方几个星期了。我们有你们每一个进出的记录。你们最好自己讲清楚，这样对你们自己有好处。谁先来？"

小鸡们四处看着，却没有一个说话的。

我在鸡舍里转了个圈儿，直到看见了一个熟悉的面孔。"你在那儿，站起来，张开翅膀。我要搜你的身。快点儿！"

那是一只公鸡，他没有动。他说："只要动我一下，小狗，我就让你见识一下这些甲刺是干什么用的，我会这样做的。"

你知道吗，公鸡的爪子上都长着锋利的小尖指甲？是真的，他们称之为"甲刺"。有时候，我们偶然会听见公鸡吹牛，他以为用他的甲刺来威胁我们的鼻子、眉毛、嘴唇、耳朵和其他的敏感部位就能把我们吓跑。

哈！简直是笑话。狗的大嘴一下就能搞定他的那些甲刺，两下就能废了长甲刺的公鸡。

从另一方面来说，我，啊，并没有理由非要把眼前的危机搞成势不两立的战争状态。毕竟我来是为了拯救这些呆鸟免遭……什么来着。

你看，我们其中的一个必须足够明智、足够成熟去拔掉愤怒和暴力炸弹上的引信。显然这个人应该是我。因此，我自愿地决定不理睬公鸡挑衅的言语。

"好吧，克拉克，就按你说的办。这次我们就让它过去了，但只是因为我的成熟原谅了你的满嘴胡说。"

"我没有嘴。我只有喙。"

"很好，你有一个大喙。"

"就是因为这个，你才让这件事过去的，小狗，你还记得上次咱们拉开架势我对你做了些什么吗？"

"我不知道你在说什么。"

"你肯定知道。我的甲刺挠进你的耳朵，有一英寸深。"

"你肯定是把我跟其他的狗搞混了。"

"我告诉你些别的事，先生。"他朝前探着身子，用他的喙戳着我的脸。"你有胆量，半夜里闯到这儿来，叫我们火鸡。我们不是火鸡，我们是鸡，而且为我们是鸡感到很自豪。"

"我从来没有说过你们是火鸡。"

"你当然说了，我亲耳听见的。你闯进这儿来，声嘶力竭地喊着：'不许动，火鸡们！'你就是这样说的，如果你不相信我，你可以问爱丽丝。她也听见了。"

我把他的喙从我的脸上推开。"你应该知道，笨蛋，当我们在强行闯入的时候，我们总是这样说。'不许动，火鸡'的命令只是我们所遵循的程序中的一部分。"

"噢，是吗？那好吧，如果你闯进鸡舍，你应该说'不许动，小鸡！'再说你在鸡舍里喊火鸡也不符合逻辑。"

"是不符合逻辑，克拉克，因为从一开始你就没有逻辑。现在收起你的圈套，让我们继续我的审问。"

怕你没搞清楚，我给你提示一下，我要审问的家伙是克拉克，公鸡的首领。我从来就不喜欢这个家伙，现在我要对他严加审讯。

第二章

鸡生活中
的秘密

　　我开始来回地踱步，就像我经常在进行无情的审讯时所做的那样。在我踱步的时候，每一只鸡的每一双眼睛都死死地盯在了我的身上。

　　"好吧，克拉克，咱们还是少说废话，开门见山吧。我必须问你几个问题。"

　　"我没意见。你可以问我任何问题，所有的问题。还可以问我关于胃灼热的事。"

　　"我对胃灼热不感兴趣。"

　　"噢，如果你也有砂囊，你就会感兴趣的。你们狗不知道那是什么感觉，我们没有牙齿，要靠满砂囊的石子磨碎食物，这就是我们过的生活。"

　　"我对你们的问题不感兴趣，克拉克。"

　　"我知道你不感兴趣，那是可耻的。如果你在生活中的每一天都不得不吃石子，你会觉得怎样，哈？伙计，刚才你说到胃灼热！你试着吃点儿石子、蟋蟀和蚂蚱，我就会让你知道什么是胃灼热了。"

　　"你说完了吗？"

　　"没有，我没说完。我生命中最严重的一次胃灼热是因为吃了南瓜虫。"

　　"别说了，克拉克，回答我的问题。"

他扭过头，用公鸡的红眼睛盯着我。"你没有问任何问题，你让我怎么回答你？"

我走到他的跟前，瞪着他的脸。"克拉克，今天晚上这儿发生了一些有趣的事情，我想知道是什么。"

克拉克的眼睛向旁边看了看，压低声音说："一点儿也不有趣，我现在就可以告诉你。"

"说下去。为什么一点儿也不有趣？"

"一点儿也不有趣是因为……噢，是因为一点儿也不有趣。你没有听见这里的任何人笑，是吧？这就是摆在那儿的证据。"

我叹了口气。"告诉我是怎么回事，快点儿。我可是一条非常忙的狗。"

"是的，我看见了你有多忙，整天整夜地在你的麻袋床上睡觉。"

"克拉克……"

"如果一只公鸡整天无所事事，早就被解雇了。我们总是有事情做——追虫子，啄石子，别忘了是谁每天早晨叫起了这儿的太阳。是我。"

我给了他一声咆哮："不许嚷嚷，告诉我今天晚上这儿到底发生了什么！"

"好吧，没问题，行，如果你也会对此感到气愤！今天晚上这儿发生了什么？"

"是的，就是这个问题。"

"噢……"他向鸡舍的周围瞥了一眼。"你必须保证你不会把消息散布得整个牧场都知道。"

"快点儿。"

"好吧……你看，我们正在……谈论……开讨论会。"

"继续说。你们在讨论什么？"

"噢，讨论的话题非常深奥。你的大脑可能理解不了。"

"说来听听。"

克拉克眯着眼睛，小声说："你知道，小狗，鸡在这个地球上已经存在很长时间了。"

"对。有什么问题吗？"

"哈？问题？好吧，先生，问题是我们的祖先在这个地球上行走，啄石子已经有几千年了。"

"这不会是你另一个胃灼热的故事吧，是吗？"

"不，肯定不是，如果你能把嘴闭上，也许我可以告诉你是怎么回事。"

"快点儿。"

"我这不正在说呢。你看，小狗，几千年又几千年，几世纪又几世纪，几十年又几十年，我们的祖先一直伺候着这个地球。他们帮助消灭世界上的蚂蚱、蟋蟀、甲虫、啄甲和其他的一些甚至没有名字的害虫。但是经历了他们所有的磨难和辛勤工作，这里存在着一个任何鸡都无法回答的问题。"

我等待着。"是吗？说下去。"

"噢，这就是我们今天晚上所讨论的，我们没有找到答案，尽管我们熬到了半夜，牺牲了一些睡眠时间。"

"你们的问题是什么？"

他机警地瞥了我一眼。"我不知道是否该告诉你，因为你又不是鸡。"

"我是牧场治安长官。我知道这个牧场的每一个秘密。"

"但是你不知道这个，小狗。这是鸡生活中的秘密，一万年来没有哪只鸡能解释这个问题。"

"让我试试。"

"噢……好吧。是这样的。"他朝前探着身子，小声说："小狗，一万年来，鸡一直在过马路……但是我们都解释不清……这是为什么。"

我吐出肺里的浊气。我向旁边走开了几步，然后猛地转过身，面对盯着我的观众。"好吧，我希望你们注意听着。我在你们这些笨蛋身上浪费了半个晚上，我要你们听好了，因为我再也不会说第二遍。"

死一般的寂静，全都聚精会神的。小鸡们屏住各自的呼吸，等待着我的演说。你可以听见一根针掉进草堆的声音。我继续说。

"我现在就回答这个亟待解决的问题：为什么鸡要穿越马路？几个世纪以来，你们的祖先一直在寻找答案，但是从来没有找到。现在我来给你们揭示这个问题的秘密。"

在我大脑里的掌中电脑中有这个答案。每只鸡的脖子都朝前伸着，每只耳朵都转向了我的方向……尽管实际上鸡并没有耳朵。他们用什么来听呢？我们没有这个问题的答案，但重要的是这是一个非常戏剧性的时刻。

我看着面前的观众，开始投入到了我的演讲中："女士们，先生们，母鸡们，公鸡们，尊贵的来宾们：鸡穿越马路……**是为了到路的另一边。**"

很长一段时间，没有一只鸡动弹或者说话。突然寂静被二十七只母鸡的声音所打破，一只公鸡也喘着粗气加入了她们。然后鸡舍里爆发出欢呼声和鼓掌声，我被一群心怀感激的鸡包围了。他们欢呼着，大笑着，伸出翅膀拍着我，呼喊着我的名字："汉克，噢，警犬汉克！你揭示了鸡生活中的秘密！噢，聪明的狗！噢，令人惊奇的小狗！"

噢，我……几乎不知道该怎么回应。我的意思是，虽然我一直认为自己比普通的狗聪明些……长得好看些……但还是，实话告诉你，我还是有点儿不好意思。所有的母鸡都围着我，快要陶醉了，为了能碰到我，她们伸出翅膀，并呼喊着我的名字。

这种场景只能发生在想象力丰富的梦里，但是永远也别希望出现在真实的生活中……我们应该说，永远也别指望发生在现实的生活中。这样的事情太美好了，好得几乎不像是真的，关键的是我还要表现得很谦卑，非常非常谦卑。她们的热情深深地感动了我，我在她们中间待了有半个小时，让她们尽情地抚摸我。

你知道吗？这个经历改变了我对鸡的态度。这些年来，我一直认为她们就是一群傻鸟，一堆没有头脑的羽毛，但是我突然开始意识到……咦，这些鸡有着我以前从来没有注意到的智商。只要看一下她们对……你可以说是，对我的反应，你就知道了。

是的，这些都是非常聪明的鸟，显然她们有着很高雅的品味……你简直无法相信，她们其中的几个乞求我加入她们的群体，要授予我荣誉小鸡的称号，噢，天哪，甚至要拥立我做她们的皇帝！

非常棒，哈？的确是这样。当然了，我没有接受馈赠。我已经有工作了。（我跟你提过吗？我是牧场治安长官。）

我对观众们说："女士们，先生们，母鸡们，公鸡们，特殊的嘉宾们：对于你们的馈赠，我感到非常荣幸，但是我真的不得不……"

你知道发生了什么吗？她们围得我太紧了，我……

"对不起，但是你们挡着我过不去了。你们能……请你们往后站，让我……对不起，但是我需要回我的……"

她们继续围着我，咯咯叫着，抱怨着，想用她们的翅膀触摸我的头，突然……我喘不上气来！

"嘿！往后退，你们这些笨蛋！你们快把我挤扁了，这个地方太难闻了，我还有事情要做！"

她们不动了。我看见她们眼神中有一种被伤害了的痛苦。她们开始散开，就像是热火炉上的冰激凌，慢慢地回到了她们的窝里。然后我听见齐声抱怨的声音。

"你不喜欢鸡。你从来就没有喜欢过鸡。你讨厌鸡！你一直都讨厌鸡！每个人都讨厌我们！"

突然她们哭了起来。如果你相信的话，她们在流泪。紧接着一个生气的声音低沉地说："我们也讨厌你！你不过是个华而不实的骗子！我们不相信你对鸡生活中的秘密的答案！鸡穿越马路不是为了到路的另一边。这个答案太愚蠢了！你走吧，滚出去，别打扰我们，你这个可恶的东西！"

噢，天哪。

我试着跟她们讲理："听着，别难过了。我突然喘不上气来了，而且我真的不得不……"

你能相信吗？这些老巫婆们开始向我扔鸡蛋，是真的。在我的职业生涯中，我从来没有见过如此战无不胜的武器。

噢，我想离开，因此我……啊……赶快走……实际上是跑，出门躲到外面，只差一步，十几个鸡蛋砸到了墙上。我转过身对着这群愤怒的暴徒，用充满正义的声音生气地喊道："看来我一直是对的，你们就是一群傻鸟，你们永远都是傻鸟，等你们下次需要帮助的时候……"

啪！

噢，最后我得到了……味道不错……免费的鸡蛋。

克拉克首领跟着我，把他的头伸出门外。"好了，你确实把她们给激怒了，小狗。我要花上几个星期来安抚她们。真是多谢了。"

"克拉克，从内心深处我告诉你，我不在乎。"

"噢，是吗？好吧，你最好在乎一件事情，小狗。因为我已经作出了预测。"克拉克向上转动着眼珠儿，看着天空。"明天，天空要塌陷了！"

我用怀疑的目光盯着他，然后笑出声来。"哈哈哈！天空要塌陷了？嘿，克拉克，你以前就告诉过我一次，但是你知道吗？天没有塌。"

"我把日期搞错了，就是这样。但是这次，肯定会塌的，你记住我的话。"

我转身背向他，走了。"谢谢你告诉我，克拉克。我会密切注意天要塌陷的事。下一次，你们这些笨蛋需要帮助的时候，去找郊狼吧。"

说完了这句刺耳的话，我留下克拉克和他所有的鸡朋友们享受她们的无聊聚会。

第三章

猪排病毒

　　当我悄悄地回到办公室，蹑手蹑脚地走到我的麻袋床前时，天还是一片漆黑。我悄悄地、蹑手蹑脚地是因为我不想吵醒那位正在睡梦中消磨生命的先生。如果他醒了，就有他不想睡觉、想说话的危险。在经历了鸡舍风波之后，我最不需要的就是跟卓沃尔进行一次长长的、无聊的谈话。

　　我累了，筋疲力尽了，在苦心经营牧场，和对付一群疯狂的小鸡中，我被损耗得只剩下一具残躯了。

　　你能相信吗？她们竟然命令我离开鸡舍！向我扔鸡蛋！我从来没有受过这种侮辱！我的意思是，我给她们帮过那么多的忙。我把我的时间奉献给了她们，甚至还揭示了鸡生活中的秘密。

　　噢，好了。冒着巨大的失败的可能，我还是试着把这个事件化为精神上的胜利。她们用投掷一些鸡蛋来侮辱我，但是我现在是一条更强壮、更聪明的狗。她们却还是一群没有头脑的母鸡，生活在臭气哄哄的鸡舍里。

　　噢，她们还得用剩下的日子听着克拉克关于胃灼热的故事，他疯狂的奇谈怪论……哈哈哈……

　　哈哈。

　　哈。

　　我发现自己在盯着天空。我从来没有听到过关于天空的可信报告……噢，天空会塌下来，或者会掉在地球上。这样的事情以前曾发生过吗？肯定没有。我的意思是，在我的眼前是黑色的天幕，被闪闪发着银光的星星点缀着……

嗯。你知道，肯定有很多星星在上面。它们其中的一些看上去很大……也很重。是什么把它们举到了上面呢？是否有可能……

我不是那种轻易就下结论的狗，或是相信那些微不足道的闲言碎语，或是小鸡说的任何话，但还是……

突然，我感到脖子后面有一种很怪异的感觉。你知道，当你的头发竖起，你觉得有针在扎的那种奇怪感觉吗？总之，我知道克拉克疯狂的故事没有一句是真的，啊，飘浮在天堂上的星星是如此沉重……天空会掉在地球上的……

但是从安全方面考虑，我决定叫醒卓沃尔。我的意思是，很有礼貌地叫，也可以这样说，是为了让这个小家伙知道我已经，啊，摆脱漫长和危险的……

"卓沃尔？醒醒。"

"黑暗中有菠菜，摩托车在沙箱里。"

"卓沃尔，我也不愿意在夜里的这个时候打扰你，但是有一件重要的事情我们需要讨论一下。"

"面糊布丁肉馅饼，亲吻一下癞蛤蟆使他哭了起来。"

"卓沃尔，我知道你在那儿，所以你就别装了。如果你能编关于癞蛤蟆的诗，你就能醒过来，闻见眼镜蛇的气味。"

"眼镜蛇吃冷冻三明治。"

"你看？现在你又说到吃的。我知道你能听见我说话，所以你仔细听着。情况可能会非常严重。我不是想吓唬你，但是我们刚刚得到一个报告……天空要塌陷了。"

这句话吸引了他的注意力。他从他的麻袋床上跳了起来，开始摇摇晃晃地转圈。我认真地观察着他，并记下了几个重要的线索：一、他的耳朵在头上弯曲着；二、虽然他的眼睛睁开了，但是眼珠儿却对在了一起；三、他的舌头在嘴角的左边耷拉着，这是明显的意识混乱的征兆；四、他在摇摇晃晃地转着圈儿，但是这一条我们已经说过了，所以我们可以忽略线索四。

但是这三条线索就足以确定，卓沃尔正处于迷糊状态。好吧，也许这还不算是一个真正令人震惊的消息，因为卓沃尔有很多时候都处于迷糊的状态。但是这时他甚至显得比平时更加迷糊了。

我并不是想说卓沃尔曾经表现得非常正常过，或者说迷糊状态对他来说是很正常的。我想说的是……我也不清楚我想说什么，所以还是跳过去吧。

关键的是，他看上去很迷糊，我立刻就注意到了。我听见他说："把饼干递过来，排骨和胸肉，金枪鱼沙拉！救命，杀人了，紧急呼救！房顶要把工具棚吹跑了！"

我必须承认我感到有些……我怎么说呢？我必须承认，看着卓沃尔在半睡着的状态时，我感到有些不太道德的快乐。你永远也不会知道这个小傻瓜将做些什么，或说些什么，但是经常能让我们看到一些他沼泽一样的大脑里的模糊东西。

好比说，他所嘟囔的食物的名字是他的梦话中经常出现的内容。我们以前注意过很多次，这就证实了我们的理论，卓沃尔经常梦见……噢，食物，例如，饼干、排骨、胸肉、金枪鱼沙拉和猪排。这次他没有提到猪排，但是他以前经常提到。

为什么呢？我也不知道，但是猪排好像是一种常见的……

吧嗒，吧嗒。

……一种常见的固定象征……能引起人吧嗒嘴，流口水，舔下巴。

……一件常见的餐厅设备……让人一看见就会吧嗒嘴，流口水，舔下巴。

你知道，我不敢肯定我是否能继续分析卓沃尔的……我们讨论过猪排吗？也许还没有，我们很少讨论猪排的一个重要原因就是……吧嗒，吧嗒……一提起猪排就能使你嘴里的口水像喷泉……

吧嗒，吧嗒，吸溜。

先等等，我嘴里的水管爆裂了……

吧嗒，吧嗒，吸溜。

总之，让我们先跳过猪吧嗒……吸溜排……我们应该说是猪排，这一段，让我们继续对卓沃尔所谓的大脑做梦模式的讨论。证据非常充分，跟你想象的一样，他总是梦见食物，这是一个把人惊醒的发现，我们应该说，这是一个令人震惊的发现。因为卓沃尔是牧场精锐的治安部队里领薪水的雇员。

当我们的雇员在工作的时候流口水……工作的时候睡觉，在上班的时候吧嗒嘴……不好意思，当他们在工作的时候睡觉，在上班的时候做梦……

你知道，我真后悔我曾提到过……你知道是什么，那个什么排，这让我感到非常尴尬，因为我一直为我能用铁的纪律控制自己的思想而感到自豪，但是这次是数据控制中心的主程序出了点儿问题……

我认为我们还是跳过梦见食物这一段，就当从未提到过它。

问题是卓沃尔正在嘟囔着作诗。现在又有了新的内容，再一次让我们窥见了他垃圾堆里的垃圾。在他的睡梦中，这个小笨蛋在作诗。你知道这意味着什么吗？这意味着……

猪排！！！

不好意思，我不得不……我们刚才知道我的大型计算机数据控制中心已经感染了可怕的猪排病毒。非常严重，是真的，因为它开始向我的所有程序、文件夹、数据库和最高机密的午餐程序……我们应该说是启动程序，散发新鲜猪排的气味。

不好意思，我们要关闭所有的程序三十分钟，并且启动反猪排病毒诊断程序。等着，我们马上回来。

第四章

卓沃尔的
惊人发现

好了，我们运行了反猪排病毒程序，现在回到了正常的工作中。

你可能还记得，我刚完成一次非常重要的任务回来，正在叫醒我的助手，他在油罐的下面，用睡眠来消磨他的生命。

在我的叫喊下，他跳着站了起来，开始摇摇晃晃地转圈儿，嘴里嘟囔着一些押韵的废话。我观察着他怪异的行为，认真地做着记录，直到最后他的眼神开始清醒了。

这时，他盯着我说："噢，嗨，糟糕，我睡着了吗？"

"是的，你睡着了，卓沃尔，我们需要讨论一下。你看，在你睡觉的时候，我被叫出去执行一项非常重要的任务。"

"噢，我一起去了吗？"

"没有，你没有去。你一直在睡觉，我被迫在没有后援的情况下进入了鸡舍。"

他眨了眨眼睛，坐下来。"鸡舍？你到那儿去干什么？"

"去回应遇险呼救，卓沃尔。"

"你吃鸡蛋了吗？"

我冷冰冰地瞪了他一眼。"士兵，我想法忘了你刚才说的话。为了你的职业生涯考虑，我们将从记录上删去这句话。"

27

"伙计，我喜欢鸡蛋。"

"事实上是你热爱和渴望鸡蛋，卓沃尔，这并不意味着我们其他的人也渴望……吧嗒，吸溜。"我站起来，走开了几步。"卓沃尔，我必须问你一个私人问题，但是你必须保证永远也不能跟别人议论。"

"这个容易。我甚至不记得你说过什么。"

"我还什么也没说呢。"

"噢，对不起。"

我往肺里吸了口气。"卓沃尔，我们的报告显示，直到刚才，你都在睡觉。是真的吗？"

"噢，是的。真是太棒了。我喜欢睡觉。"

"本法庭没有问你是否喜欢睡觉，直接回答问题。"

卓沃尔向周围瞥了一眼。"哪个法庭？"

"卓沃尔，请你集中注意力。听着我的问题。"

"好吧，我认为我现在明白了。"

"很好。"我开始踱步。"卓沃尔，我们确认了一个事实，你是在睡觉，而且我们怀疑你还做了梦。是真的吗？"

"噢，让我想想。我不记得了。"

"你必须认真地想想，对这个重要的问题，你的大脑里还能想到些什么。"我停止了踱步，转过身面对着他。"卓沃尔，你是不是梦见了猪排？我必须知道真相，因为……因为今天晚上我们的控制系统发生了非常奇怪的事情。我正在想着自己的事情，突然……我满脑子里全是猪排！"

"该死。"

"我感到奇怪……你看，如果你当时正在梦见猪排，也许伽马射线从你做梦的大脑中进入了我们的系统，这样所有的问题就都能解释通了。所以，我的朋友，我忠实的好朋友，告诉我，你当时正在梦见猪排。"

他眨了眨眼睛。"噢……我正在梦见什么东西，但是……"

"先等等，暂停，停！很好，根据逻辑，卓沃尔。猪排也算是东西，对吧？你正在梦见什么东西，对吧？因此，我们可以说，你正在梦见猪排。"

"不，我认为我没有……"

"对不起，卓沃尔，但是你已经落入逻辑的圈套，这是我为你巧妙设计的。"

"是的，但是……"

"一旦你给出了你的证词，你就不能再收回去。"

"为什么？"

"因为……因为你不能。文字是砌起语言大厦的砖，一旦它们被放在了那儿，就再也挪不动了。一面墙有一吨多重，卓沃尔。像你这样的小矮子根本不可能抬起一吨重的东西。"

"我猜也不行。"

"所以！"我给了他一个胜利的微笑。"我们找到了这次猪排病毒危机的原因，现在我们知道谁应该受到谴责了。这都是你的错。"

他惭愧地低下了头。"该死，我不知道我做错了什么。我睡着了。"

"这就更加证实了，卓沃尔，那个邪恶的想法可以随时攻击我们。唯一安全的办法就是保持我们大脑的纯洁，不能有任何关于猪排的想法。"

"该死，猪排有那么不好吗？"

"猪排本身没有错，但是它们会侵入我们的大脑，把我们变成流口水的疯子。"

"我的名字叫卓沃尔，我没有梦见猪排。"

"我知道你的名字，你确实梦见猪排了，无论你是否真的梦见了。"

"噢，也许只能这样了。"

"完全正确。所以！"我如释重负地松了一口气，走回到我的麻袋床前。"我们找到了问题的原因，我准备睡觉了。谢谢你的帮助，伙计。没有你的证词，我们就破不了这个案子。"

我进入了转三圈的程序（围着我的床快速地转三圈），然后躺下。欧耶！多么舒服的麻袋床啊，我最亲密的朋友！我翻了个身，深吸了一口气，放松我疲倦的……呼噜，呼噜……

这时突然我听到从阴沉的黑暗里传来一个声音："你知道，我认为我梦见的是……房顶被吹跑了。"

"哈？驴子踏平了枫树林，芜菁绿了。"

"不是的，等会儿。我梦见……我梦见……噢，我的天哪，汉克，我梦见天要塌了！"

我正划着大脑里的小船航行在温暖的、蜜糖般的海洋里，这时突然……听到有人在说我的名字，或者是在叫我的名字，所以我调转船头向回划……

也可以说，我坐了起来，盯着我面前的身影。这是长着一张熟悉面孔的狗。通过进一步的观察和聚焦程序，终于搞清楚了……

"卓沃尔？那是你吗？"

"哪儿？"

"那儿，你待的地方。是你吗？"

"噢，我在那儿，我想……我在。是的，我猜你说的是我。你在做梦吗？"

我向周围看了看。"是的，当然了，在做梦。我只是在做梦。但是……等等。"我挣扎着站了起来，在这个过程中我费了很大的劲儿，因为我，噢，不知怎么踩住了自己的左耳朵。"卓沃尔，你刚才告诉我，你梦见了什么东西，是吗？"

"你刚才踩住了自己的耳朵。"

"你梦见了我的耳朵？"

"没有，我说……"

"先别管耳朵了。你说你梦见了……天空？"

"天空。"他揉搓着脸，转动着眼珠儿。"你是说，上面的那个天空？"

"是的，说的是同一个。"

"噢，让我想想。"突然他的眼睛瞪大了，脸上露出了恐惧的表情。"噢，我的天哪，汉克，是的！我梦见天空要……"

"要塌陷了？是这样吗？"

他钻到他的麻袋床底下。"是的，是这样的！你也听见了？救命，杀人了，噢，我的腿，天空要塌陷了！"

"等等，别慌，这不过是一个可笑的谣言，是小鸡……"小心没大错，对吧？我知道天空是不会塌的，也不会出现别的什么事，但是因为我对健康和安全的极大重视，我决定……"靠边儿，伙计，我要进来了！"

我决定，啊，钻到卓沃尔的个人掩体和防空洞里。也就是他的麻袋下面。我飞下台阶，关上身后的门。在令人不安的寂静中，我们等待着……噢，什么事情的发生。时间在慢慢地爬着。然后……

"汉克？你在这儿吗？"

"肯定的啊。你呢？"

"是的，我也在。"

"啊！这就能解释清楚了，在过去的十五分钟里，为什么我一直觉得有一只脚在我的脸上。"

"噢，对不起。"他把脚挪开了。"你是怎么知道天空要塌陷的？"

"我在外面巡逻，从公鸡那里得到的这个秘密消息。你是在哪儿听说的？"

"噢……我不知道。也许是我梦见的。"

时间在慢慢地移动着，我在思考着卓沃尔的话。"是你梦见的？"

"是的，天空塌了下来，或者是房顶被吹跑了，或者是别的什么。这些都是我梦见的。"

我把这些信息输入我的数据库里。"等等。你不可能……卓沃尔，是否有这样的可能，我说了关于天空要塌陷的事，然后你……"我深深地叹了口气。"卓沃尔，我到外面去看看。"

"噢，小心点儿。"

我轻轻地走出掩体，慢慢地转动着眼珠儿向上看着天空。我吐出了肺里的浊气。"卓沃尔，我发出了解除警报的信号。你现在可以出来了。"

"噢……我认为也许我还是……"

"出来！马上出来！我想让你看看这个。"麻袋的一边掀了起来，我看见卓沃尔一只眼睛向外窥探着。我用有力的嘴巴叼住麻袋，猛地把它掀开。"现在往那儿看。天空还在那儿呢，还在上次我们看见它的地方。"

他向上转动着眼珠儿。一个灿烂的笑容出现在他的嘴上。"噢，太好了，我太高兴了！它没有掉下来！"

"完全正确，这对我们所有的人来说，是一个非常重要的教训。"我向后看了看，只是为了确保没有人……

啊？

这时，我敏锐的眼睛看到了一种不寻常的颜色和光。我眯起眼睛更仔细地观察着。那是……一只猫，一只坐在黑暗里看着我们的猫。毫无疑问他是在偷听我们的谈话。

我转头对着卓沃尔，压低声音，小声地说："嘘！别说话。我们被监视了。"我把目光转向了那只猫。

卓沃尔咧着嘴笑了。"噢，那是皮特，好猫老皮特。"

"好猫老皮特？这是你说的吗？"

我示意这个小笨蛋跟着我，走开了几步。在那儿，我用耳语结束了我的演讲。我们为什么要用耳语呢？这关系到安保规则，如果你继续读下去，你很快就会知道的。

第五章

小猫想窥
探我们

你也许还记得，卓沃尔和我在治安部宽敞的综合办公室的一个有高级安保措施的房间里，召开了一个紧急会议。

"卓沃尔，我曾经提醒过你，不要当着猫的面谈论事情。他不是我们组织的成员，我们不能让他听到我们的事。"

"噢，你的意思是……"

"我的意思是，我们档案里的情报显示他可能在敌人那边有职务。"

"你是说……就像黄秋葵，或者西红柿？"

我凝视了这个小矮子一会儿。"什么？"

"你认为皮特是一个西红柿？"

"我说皮特是西红柿了吗？卓沃尔，你在说什么呢？你怎么能问出这么荒谬的问题？"

"噢……你说他是一个植物，而所有的植物都是蔬菜，所以我就认为……"

我把他说的话想了想。"噢，我现在明白了。你弄混了我所说的'职务'。仔细听着，我可不想再说一遍。"

"什么？"

"我说，仔细说着，我可不想再听一遍。这两个词发音相同。一个是'植物'，也可以说是蔬菜，但是'职务'的意思是'敌人任命的间谍'。"

卓沃尔的眼睛瞪大了。"噢，你的意思是……西红柿在监视我们？"

我吐出肺里的浊气。"不。我是说，我们有理由认为皮特正在监视我们。"

"但是你说他不是西红柿。"

"他不是西红柿。他从来就不是西红柿，他也永远成不了西红柿，如果你不再说西红柿了，我会感激你的。皮特是一只猫。"

"我就是这样认为的。"

"一只猫不可能是西红柿。"

"那么红猫呢？"

"红猫也不可能是西红柿。即使他们是，我们也会叫他们为猫西红柿。"

"长得像西红柿一样的猫？"

"完全正确。现在你明白我用的词是'职务'了吧？"

他转动着眼珠儿。"你的意思是……皮特长得像西红柿？"

我走开了几步，想把我大脑里的蜘蛛网清理掉。"卓沃尔，我们在一起工作好几年了，在某种程度上我甚至把你当作朋友。"

"噢，谢谢。"

"但是我必须坦率地告诉你，有时候当我想跟你进行一次正常的谈话，我开始觉得……要疯了，好像我的大脑几乎变成了……一锅粥。"

"粥？"

"是的，粥。你有过这样的感觉吗？"

"噢……我喝过一次粥，但是我不喜欢，又吐了出来。你是这个意思吗？"

我觉得我失败了，被击垮了，被愚昧的力量战胜了。"是的，卓沃尔，我说的就是这个意思。这次谈话的全部要点就是你喝过粥。"

"真该死，我也是这么认为的。"

我走回到他的身边，用鼻子戳着他的脸。"现在听着，你这个大傻瓜，忘了你的粥和西红柿。那边的那只猫非常有可能是敌人的间谍，我们不想让他听到我们的谈话。"

"噢。你是说，天空塌陷？"

"对。完全正确。你知道我们为什么不能让皮特听见吗？因为，卓沃尔，天空塌陷的事只不过是小鸡的一句闲话。"

"是的，但是有那么一会儿我们还是相信了。"

"这就是这次谈话的全部重点。如果皮特知道我们曾经相信了小鸡的谣言，他就会认为治安部的人都是神经病和傻子。如果这样的消息传到我们的敌人那儿……噢，你可以想象会带来什么样的损失。"

卓沃尔一下子瞪大了眼睛。"噢，我现在明白了。我们要对皮特保守秘密？"

我如释重负地松了口气。"是的，卓沃尔，就是这样。谢谢你的理解。现在，让我们看看小猫要干什么。"

说着，我摇摇摆摆地向偷偷潜伏的那家伙——皮特走去，他正坐在油罐西北角用角铁做成的支架旁。他的尾巴绕在身上，脸上带着他一贯的狡猾的傻笑。

我们提到过皮特狡猾的傻笑吗？也许还没有。你没有看见吗？他把大量的时间用来傻笑，这总是引起我的怀疑。他在傻笑什么呢？好像是……噢，好像是他知道一些我们狗不知道的事情。有这种可能吗？不，根本就不可能，但是……他的傻笑依然让我感到不安。

总之，我走到小猫的跟前，没有浪费任何时间就占据了上风。"好了，皮特，给我们一些答案。"

他抬头看着我，傻笑得更厉害了。"好吧！嗨，汉基。这么晚，你在干什么？"

"你别管，小猫。快说答案。"

"答案。嗯。让我想想。是的。不是。真的。土豆。明天。"

我等着他说下去。"你想说什么？"

"噢，汉基，这些都是答案。是你想要的答案。你想听问题吗？"

我的第一个想法是对着他的脸大笑几声，然后狠狠给他一阵狂吠，让他吓得牙齿发抖。但是我又想了一下……

"当然，为什么不呢？就算给大家逗个乐，让我们听听你所谓的问题。"

他打了个滚儿，然后开始玩起了他的尾巴。"非常好，汉基。第一个答案是'是的'，而第一个问题是，哪个两个字的词的意思是'对的'？"

"这是个愚蠢的问题，小猫，但是继续。"

"第二个答案是'不是'，第二个问题是，哪个两个字的词的开头是'不'，结尾是'是'？"

"我没有听懂。"

"'不是'只有两个字组成，汉基，'不'和'是'。"

"噢，明白了。继续。"

"第三个答案是'真的'，第三个问题是，'猫比狗聪明，真的还是假的？'"

"有点儿意思，皮特。问题不错，但是答案错了。继续，说说土豆。"

"噢，好吧。答案是'土豆'，问题是，'说出一个平方根，但它本身却不是方的。'"

我眯着眼睛盯着小猫。"这不符合逻辑。平方根应该是一个数字。"

"好好想想，汉基。土豆就是根，它是椭圆形的，所以它不是方的。"他窃笑着，"你还不明白吗？"

"土豆是……好吧，行，我明白了，皮特，但这就是你的幽默吗？一点儿也不好笑，所以快点儿说最后一个答案。是什么来着？"

"明天。"

"对，就是它。问题是什么？"

突然皮特不再玩他的尾巴了。他坐了起来，往身后看了看，然后把他月亮形状的眼睛转向了我。"你可能不想听这个，汉基。"

"想不想听，由我自己来决定。"

"有点儿……吓人。"

我用鼻子戳着他的脸。"快点儿！"

"好吧，汉基，如果你坚持要听。问题是，'天空什么时候塌陷？'"

啊？

经过了一阵长时间的沉默，我盯着小猫神秘的黄眼睛，感到一股电流通过我的后背一直到了尾巴尖儿上。我脖子后面的毛竖立了起来。我简直无法相信我所听到的，或者是皮特所说的话。

然后，就在这个非常时刻，我听见……你无法相信，这也有点儿太巧了……就在这个非常巧合的时刻，我听见从远处传来一个声音。

公鸡的报晓声！

啊？

你明白这里面的联系吗？线索都凑在了一起，像冰雹一样砸在我的头上，它们都指向了一个令人震惊的结论。线索都在这儿呢，你偷偷地看一眼吧。

线索列表第806号

最高机密情报！

线索一：公鸡克拉克预测天空明天要塌陷。

线索二：卓沃尔做了个神秘的梦，梦见天空明天要塌陷。

线索三：谷仓猫皮特预测明天……天空要塌陷。

线索四：就在皮特发布这个消息时，一只公鸡在报晓——正是那只最先做出预测的公鸡！

秘密线索列表完毕，

阅后请立即销毁！

你现在明白其中的联系了吧？真正使我感到害怕的是这些线索组成了一个圈。你可能知道，线索经常组成某种形状和模式。大多数的时候，它们组成正方形、三角形、多边形、长方形和楔形。但是它们很少有机会能组成圆圈形，伙计，圆圈形的线索是最危险的一种。

这是一个令人畏惧的圆圈形的线索。在我整个的职业生涯中，我只看到过一两次如此完美的圆圈形线索，而且……是不是有点儿太吓人了？对不起，但是我不知道还能说点儿什么别的。在我们开始接触这个神秘事件的时候，我不知道它会把我们引向如此吓人、如此恐怖的结论……还是说了吧，天空要塌陷了。

我的意思是，当克拉克第一次提及这个消息的时候，我认为这只不过是一个笑话……小鸡的一句闲话。说实话，我从来没有想过我们会真的进入到了故事当中……

关键的问题是，情况变得越来越吓人。你是了解我的，我非常担心孩子们。不时地给他们来点儿小的恐吓是没有坏处的，但是真正的重型的恐惧将是另外一回事……

你怎么看？我认为我们可以先把故事停一下。你可以走开，就假装什么也不知道，什么也没听见。我知道，这有点儿像小鸡的做法，但是……

咦！你听见了吗？"小鸡的做法？"难道这是又一个线索？

情况变得越来越深入，越来越黑暗。我几乎不敢再说一个字，但是不说话，我们就只能……无语，然后我们还能说什么呢？

你来决定。我们是否可以封锁消息，像没事人一样地走开，希望……噢……什么也不要发生？

或者我们还是像我们牛仔犬通常那样——吞下我们的恐惧，昂起高傲的头颅，蹚出一条路来，直到悲惨的终点，让该来的都来吧？

我们现在必须做出决定。

你有两分钟可以考虑。

第六章

可怕的线索圈

好了，时间到。我们该怎么办？

继续？这是你的选择？

好！多谢了。你看，我害怕你会把书合上，把它藏到床底下，去干别的事。你看，你可以这样做，但是我不行，因为我是……我跟你提过吗，我是牧场治安长官？所以不能因为我被吓得失去了理智，就从这个事件中一走了之。

所以，再次表示感谢。我不知道将会发生什么，但是我非常肯定在情况变得更糟糕之前，那就只能是糟糕了。

总之……我们说到哪儿了？噢，对了，我们正在审问小猫，并且得到了一个可怕的线索圈。我的背上鬃毛竖了起来，我们说的是一排像牙刷的硬毛……也可以说是，牙刷的毛竖了起来。一股电流穿过我的脊椎一直到了我的尾巴尖儿。

皮特用他神秘的月亮形状的眼睛盯着我，他的尾巴最上面的两英寸在来回地摆动着。也许他是在观察，他所发布的天空要塌陷的消息，是否使我……噢，害怕了，垮了，惊慌失措了。说实话，是这样的，但是我不能让他知道。

小猫说话了："怎么样，汉基？突然你看上去有点儿忧心忡忡。"

"忧心忡忡？我？哈哈哈。你怎么会，"我猛地转过身去，这样他就看不见我的脸了，"有这么愚蠢的想法？"

"噢，汉基，我刚才以为你看着有点儿担心……或者在为什么事情而感到忧虑。"

"我没有担心，或者忧虑。"

"但是你躲开了，我现在看不见你的脸了。"

"我对刚才的景色厌倦了，皮特。盯着小猫是一件很无聊的事。"

他轻轻地走了过来，这样他就又可以看见我的脸了。他的眼睛闪着光。"嗯，是的，我现在看见了！你确实看着忧心忡忡。"

我又转了一下身子，这样我的脸就又超出了他的视线。"皮特，我不知道你想证明什么，但是这个把戏好像没有任何的意义。总之，我的审问结束了，你可以走了。再见。"

"但是你没有问我任何问题，汉基。是我在问问题。"

"这完全是我设计好的。你帮助我进行了审问，现在我们已经问完了。我们没有问题了，所以赶紧走，追你的尾巴去。"

他接受我的建议离开了吗？当然没有。猫从来不接受建议。他们留在附近，待得太长太晚，彻底把自己变成了一个令人讨厌的家伙。这是他们生活中任务的一部分。

我看见他的脸在窥视我健壮的肩膀上凸起的肌肉。他又在监视我，这个讨厌鬼。"嗨，汉基。我还是要说你看上去在为什么事担心。你是不是在担心……明天……天空要塌陷的事？"

"哈哈哈！那只不过是一个谎言，皮特。你知道，我知道，全世界的人都知道。那完全是小鸡编造出来的垃圾……你能不能别盯着我！"

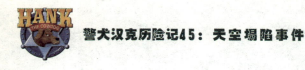

我又把我的位置向右移动了二十三度，这样我的脸就不在他的视线之内了。

"汉基，你为什么总是要移动呢？"

"移动？噢，你是说……啊……移动？不是我，皮特。如果你懂得一点点天文学和物理学的知识，你就应该知道，这个世界上的任何东西都不是静止不动的。你看，地球绕着一对轴不停地旋转，而且它还在环月轨道上。我们以为我们站着没动，但是不可能。我们一直在动，所以……噢，所有的东西都在移动。是真的。"

我看见他的眼睛又在窥视我。"汉基，看来情况比我想象的要严重得多。如果我早知道你是如此心烦意乱，我就不会告诉你天空要塌陷的事了。"

经过了一阵的沉默，然后我听见我自己说："真的？你说这话是真诚的吗？那我们就直说吧，皮特，你和我……也可以说是，长期以来一直互相算计，说实话……"我转过身，看着猫的脸，"皮特，咱们实话实说吧。关于天空要塌陷的事使我很着急。告诉我，老实真诚地告诉我，这只是一个愚蠢的谣言，或者真有这么回事？我必须知道真相。"

他的眼睛睁大了，他开始用他的尾巴尖儿来回地抽打着。"噢，汉基，在真正发生之前，每件事都是谣言。你想真正知道的是……你是否能做些什么阻止它的发生？"

"对。我的意思是，作为牧场治安长官，我觉得我个人有某种责任。如果天空掉在了我们的牧场上……噢，我会觉得很可怕。"

"应该有个办法去阻止它。"

我的耳朵竖了起来。在黎明朦胧的光线里，我能看见他大眼睛里的微光。"你刚才说什么？"

他开始发出咕噜声……噢，开始在我的前腿上蹭。我们讨论过我对小猫到处乱蹭的态度吗？也许还没有。我讨厌他这样。被咕噜的小猫蹭会使我发疯的。但是由于他要给我一些重要的信息，所以我决定，啊，让他蹭。

他蹭着，咕噜着，用他那令人烦躁的声音说："我说，汉基，也许你可以做一些事情来阻止天空掉下来。"

"是真的？嘿，皮特，这是个了不起的消息！我相信你会告诉我的，是吗？跟我说，皮特。我认为我们已经快做成一件大事了。"

"噢……这个主意听上去有点儿荒唐，我怀疑你是否愿意做。"

"嘿，皮特，如果能挽救牧场，怎么做都不算荒唐。说出来听听。"

"噢……好吧，汉基。"小猫往身后看了看，然后压低了嗓子……我们应该说是，压低了嗓门，小声说："汉基，你必须做的就是……跳到萨莉·梅的车顶上……在上面坐上一个小时。"

我盯着这个小骗子……这只小猫，也就是皮特。"什么？这是我所听过的最荒唐的事情了。"

"你看？我就知道你不会做的。好吧，再见，汉基。我试着帮过你了。"

他走开了。我在他的后面追。"皮特，等等，别跟尾巴着了火似的。我只是……你看，你自己也承认这事听起来有点儿荒唐。如果你能……噢，解释一下它为什么能阻止天空掉下来，也许会对我有所帮助的。"

"噢，好吧，汉基，但是你必须发誓永远不能告诉别人这个秘密。你发誓？"

"当然，没问题。跟我说，伙计。"

这个小鼻涕虫……小猫，又一次向身后看了看，压低声音："当天空掉下来的时候，是因为地球的吸引力太强了。你知道吗？"

"不。我是说，是的，我当然知道了。你说的又不是什么深奥的东西，皮特。我在科学研究方面下过很大的功夫。继续。"

"好吧，汉基，当你跳到车顶上的时候，地球表面的负荷就被改变了。"

"哇，说得好。我怎么就没有想到呢。接着说。"

"你在上面坐的时间越长，就越能颠倒大气重力的方向。"

"当然！可以对天空产生往上的力量，而且……"我给了小猫一个得意扬扬的笑容。"我认为这样能行，皮特，我们欠你一个很大的人情。"

"噢，谢谢你，汉基。"

我用鼻子戳着他的脸。"不幸的是，没有人会知道这是你的主意。真是太糟糕了，你笨得把所有的公式都告诉了我。哈哈哈！"

"但是，汉基……"

"你还不明白吗，皮特？你到这儿来想刺探我们的情报，但是我们反过来刺探了你的情报。我刺探到了你的情报，我刚刚偷了你的秘密计算方法！"

"但是，汉基……"

"你落入了我的圈套，皮特。多愚蠢啊，哈？现在，你走吧，小猫。去追你的尾巴。去抓老鼠。我还有重要的工作要做，我不再需要你了。滚！"

"但是，汉基……"

他没有离开，所以我给了他一个我们称之为气喇叭的小狂吠节目。哈哈。我喜欢对小猫这样做。哈哈。你给他们你最深沉、最响亮的狂吠，你看，要对着他们的耳朵。如果你做的方法正确，就可以把他们吹跑。

汪!

嘿嘿，哈哈，嚎嚎！

你应该好好看看！他被吹得离开了原地，在地上打滚儿。说得更好玩、更解气一点儿，他发出嘶嘶的声音，号叫着，这对我的耳朵来说就像是音乐。然后这个讨厌鬼跑到了阴影里，逃出了我的手掌，逃出了我的生活。

这对于治安部来说是个多么光荣的时刻！我们不仅羞辱了应受羞辱的小猫，而且还粉碎了他刺探情报的阴谋，截获了对牧场安全生死攸关的秘密情报。

非常了不起，哈？的确是这样。我急不可耐地想看到卓沃尔的反应。毫无疑问他会……

他在哪儿？

"卓沃尔？卓沃尔？"

我跑遍了办公室，搜查了每一个角落和裂缝……好呀，他蜷缩在他的麻袋床上，你愿意猜猜他正在干什么吗？

睡觉。

我刚刚赢得了本年度最重要的侦查成果，可是这个小笨蛋却一直在睡觉！我在他的床前站了一会儿，看着他扭曲的畜体，听着他一贯的怪异管弦乐声：尖叫，惊呼，呻吟……

真是令人惊诧，他在睡觉中能发出这么多不同的声音，但是我没有时间去欣赏他这种不可思议的诡异行为。我还有工作要做，一个非常重要的工作。

我看了一眼天空。它依然在那儿，但是我能看出来它已经开始……噢，龟裂，崩溃。是的，太阳出来了，裂缝看上去非常清晰明显，除非我启动反

天空塌陷程序，否则整个牧场将被摧毁，被埋葬在……

　　什么东西的下面。我们也不十分清楚是什么样的物质会从天上掉下来，但是我们知道这将是一个无法估量的大灾难。所以我一会儿也不能耽误，我穿上火箭狗的制服，按下启动按钮，奔上山坡，冲向了萨莉·梅的汽车，她的汽车停在院门旁边的石子车道上。

　　我能及时地赶到那儿挽救牧场吗？我能扭转向下拉拽天空的可怕地球引力吗？就是这种力量将使天空在我的眼前崩塌。火箭狗能扼住失败的喉咙，把胜利从里面掏出来吗？

　　非常可怕，哈？的确是这样。

　　我希望在这个过程中你能和我在一起。我不能在这个时候，揭开故事中的答案，但是我可以说，我已经开始看到了萝卜地尽头的曙光。

第七章

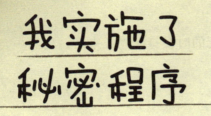

我实施了
秘密程序

好了，你还和我在一起吗？

太好了。谢谢。我真的很感激。

你知道，当你成为牧场治安长官，你就必须习惯工作所带来的可怕的孤独。我们不能指望得到别人的帮助，嗝儿，这倒没什么，因为我们所有的训练都是为这个做准备的，嗝儿……

你不会相信的。在这该死的时候打起嗝儿来了。稍等一会儿，我屏住呼吸。

嗝儿！

你还和我在一起吗？好了，我认为那样做管用了。对不起，打断你们了。

我们说到哪儿了？噢，对了，我穿上了火箭狗的制服，呼啸着到了房子后面的石子车道上。当我赶到现场时，情况变得非常紧张和可怕……嗝儿。

有点儿尴尬，我的意思是，非常尴尬。我们狗并不经常打嗝儿，但是当我们打嗝儿时，又经常在不该打的时候打。你明白我的意思吗？如果我们在半夜里打嗝儿，附近没有人，那就不会有任何问题，但是现在？

我们不能指望世界上的一切事情都很美好，但是这确实让我很烦恼，当我在执行，嗝儿，紧张的，嗝儿……生死攸关的任务，嗝儿，执行到一半时。我的意思是，打嗝儿让一条狗看上去有点儿傻，是吧？这是一个非常错误的印象，因为我们这些做治安工作的狗可以是别的任何东西，但绝对不是傻瓜。

先停一下。我认为我不打嗝儿了。太棒了！是什么使我不打嗝儿呢？我也不知道，但是如果你也打嗝儿，可以试试。

我们说到哪儿了？伙计，你没法说清你在不停地打嗝儿，然后又突然停止时的心情。开始你几乎不敢动，不敢说话，害怕身体的细微变化会引起你重新打嗝儿。

但是你看见了，我们这时把可恶的打嗝儿给赶跑了，现在我们可以重新回到我们的故事中来了。

一进入火箭狗程序，我就把所有发动机的油门加到了最大，呼啸着上了山坡，留下卓沃尔在睡眠中消耗他的生命。当我接近房子后面的石子车道时，我收油门，实施了平稳降落。

我朝厨房的窗子瞥了一眼，知道房子里的朋友们（鲁普尔、萨莉·梅、小阿尔弗雷德和宝贝莫莉）已经开始有了动静，也许正坐在餐桌前……噢，当然是吃早餐了。

对于他们来说，这不过是又一个很平常的早晨，他们一点儿也不知道他们厨房窗子外面正在发生的危机。但是这样也好，他们不需要知道，我也不想打扰他们平和而宁静的生活。

如果幸运，我会把整个事情都掩盖起来，他们永远也不会知道牧场的窗子外面曾面临的，嗝儿，巨大危险。

你看，一条顶级的蓝带牛仔犬并不指望获得很多的荣誉和赞扬。如果有了，那也挺好，但是如果没有，好吧，那也不过是我们工作的一部分。对我

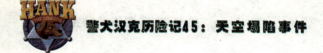

们来说最重要的奖赏就是知道我们已经尽了我们的职责，我们就很满足了。

总之，我们已经到了生死攸关的时刻，你可能已经坐到了椅子沿上。我并不是想嘲笑你，如果我要是有把椅子，我也会坐到椅子沿上的，但是我没有，所以……还是让我们进入吓人的部分吧。

嗝儿。

你听到了吗？它们又回来了，这该死的、愚蠢的、臭气熏天的嗝儿！当我在说话中不停地打嗝儿的时候，还怎么让我表达当时非常紧张的生死攸关时刻的戏剧性效果呢？

噢，我们对此一点儿办法也没有。我们只能继续讲下去，希望能达到最好的效果，但是我必须得提醒你，如果我又开始打嗝儿了，你可不许笑。请你记住像我这个级别的狗是很要面子的。

好了，萨莉·梅的汽车就停在房子后面的石子车道上，正好是它应该停放的地方。通过对这个区域的快速扫描，我知道所有的四个轮子都在地上，这就意味着石子并没有阻断地心的引力。

这可是个，嗝儿，好消息，所以我立刻进入了程序的下一个阶段，深深的蹲伏姿势。在蜷曲蹲伏中，我感觉到动力和力量汇聚在我大腿的健壮肌肉上，会很快驱使我向上，把我发送到汽车的……

你知道，一想要跳到萨莉·梅的汽车顶上，就使我感到有些……也可以说是，不安。我的意思是，她对汽车非常在意，很注意保持它的干净和美观。如果你想让萨莉·梅发疯，就让一只麻雀飞过，在她的车上面拉泡屎。有一次，当皮特从车顶上走过，在上面留下了带泥的脚印时，她甚至冲着她的宝贝小猫吼叫了起来。

等等，先停一下，打嗝儿也暂停。皮特有一次在车上走就惹了大麻烦，是吧？但是就是他告诉我秘密程序的……嗯。这里面是不是有我没想到的东西？有没有可能小猫是想……

不会，别忘了，是我逼迫他说出秘密程序的。再说了，他也没有那么聪明，能给牧场治安长官设下如此卑鄙的诡计，所以……没问题。

总之，我要准备发射了，从我内心的最深处，我知道萨莉·梅会理解的。如果她碰巧往外看，看见我在她的车顶上，她会意识到我这样做是为了保护她的家庭不让天空塌陷的残骸砸到。

我按下启动按钮，把自己发送到……蹭，抓……车顶上，该死，我的爪尖肯定伸出来了，因为车顶上出现了，啊，细小的划痕……

嗝儿。

但是现在说什么都晚了，一旦我到了车顶，我就会蜷起腿跳到车顶的最高处。到了！我爬上了山顶，到达了我雄心壮志的顶峰。你知道吗？我已经感觉到了大气重力的变化，是真的。我朝天空瞥了一眼，甚至得到了更好的信息：天空看上去还算稳定！

换句话说，我们的努力达到了完美的效果！我们的救援队不仅偷了小猫至关重要的秘密，而且这个至关重要的秘密已经稍微地调整了地球的引力，嗝儿，改变了天空向下的力量。

我为自己感到骄傲吧？的确是这样。这是我整个职业生涯中最值得骄傲的时刻。更完美的是，你猜在这个非常时刻谁出现来赞美我的工作了？是卓沃尔。我无法想象是什么把这个懒鬼从床上拽起来的，但是他就站在车的旁边，向上看着山顶，噢，看着我。

"该死，你到萨莉·梅的车顶上去干什么？"

"大声点儿，卓沃尔。这顶上的风真的在号叫。你在说什么？"

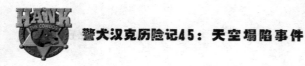

"我说，如果萨莉·梅看见了你在她的车顶上，她会大发雷霆的。"

"噢，你说这个。没问题，伙计，这些都考虑过了。你看，我好像只是坐在车顶上，但是我正在执行秘密程序，可以不让天空掉下来。"

卓沃尔盯着我，把脑袋扭到一边。"坐在车顶上就可以不让天空掉下来吗？"

"是的，完全正确。非常震惊，哈？"

他的目光转向了天空，然后又转回到了我身上。"是谁告诉你的？"

"你为什么会认为是别人告诉我的？难道你不相信我有能力解复杂的方程式，我自己，嗝儿，找到解决的方案？"

"噢……这个方案听起来有点儿荒唐。你打嗝儿了。"

"卓沃尔，多少年来，多少个世纪以来，智力差的人总是无法领会科学的规律。"

"是的，但是……你不是听皮特说的吧，是吗？"

"皮特？哈哈哈！一只猫知道什么……"笑声在我的喉咙里消失了。"你为什么在这样的时候会提到皮特？"

"噢，我也不知道。听着好像是他把什么告诉了一条狗……为了让狗惹上麻烦。"

"麻烦？胡说。皮特跟这事没有关系，几乎一点儿关系也没有，即使是他像……你说的那样，卓沃尔？你就直说了吧。你是说我傻得能掉进皮特惯用的陷阱里？"

"噢……我正为这事感到奇怪呢。"

"你就别费心了，伙计。每件事都在我的掌控之中。你没有注意天空没有掉下来吗？"

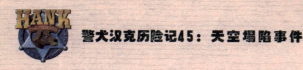

卓沃尔抬头看着天空。"是的，但是我认为我们已经说过了，那不过是小鸡愚蠢的谣言。"

"我们是说过了，但是……卓沃尔，事情是在不断变化的。真是太不幸了，你正好睡着了，错过关于天空崩塌的重要会议。"

"你是说，跟皮特的会议？"

"不是，我没有说跟……好吧，也许皮特也在那儿，但是我必须强调一下，他在里面的作用很小，非常小，几乎……"

就在这时，我们听见……噢，开门的声音……房子的后门。卓沃尔的眼睛向门看去，他所看见的东西使他的耳朵颤了起来。"啊噢。"

"什么？再说一遍？"就在这个关键的时刻，我与卓沃尔的通讯联络中断了。你知道为什么吗？因为这个小傻瓜爬到了汽车下面。"喂？卓沃尔？我必须警告你，你这个样子咱们没法进行交谈，嗝儿……"该死的打嗝儿。我怎么也控制不住。"卓沃尔，马上出来！这是命令……"

我听见大门铰链的吱吱声。很显然，某个人，或某个东西刚刚从房子里出来，走过了……

啊？

啊噢。原来是……啊……萨莉·梅。我好像侦查到她的眼睛里有……一些火焰，几乎好像……她看上去疯了，火焰随时要喷射出来，但是她为什么要发疯呢？是什么让她眼睛里的火焰要喷……

就在这同一时刻，我听见了另一个声音，这次不是大门铰链的声音。听上去非常像……噢，压抑的笑声。也许是压抑的咯咯的笑声……

我转过目光，看见……一只猫。一只在笑，咯咯笑的猫。他正坐在萨莉·梅的脚上，一边在她的脚踝上蹭着，一边发出咕噜声。他给了我一个灿烂的笑容……挥了挥手。

啊?

该死。

突然,我有一个强烈的愿望,啊,重新审查一遍我们最高机密的线索列表。还记得那个列表吗?这个列表在我们做出决定时起了至关重要的,嗝儿,作用……我需要重新审查那个列表,要快。

线索列表第7611号
最高机密信息!

线索一:克拉克预测天空要塌陷。

线索二:卓沃尔梦见了天空要塌陷。

线索三:在最近一次会议中,治安部执行委员会做出结论,天空要塌陷的事只不过是小鸡愚蠢的谣言。

线索四:鬼头鬼脑的小猫先生突然出现了,在刺探执行委员会的秘密时被抓住。

线索五:在严厉的审讯下,皮特供认天空要塌陷的信息很可能是他偷听来的。

线索六:就在那个时刻,一只公鸡在报晓,但是那又怎样呢?公鸡在早晨总是要报晓的。

线索七:皮特透露了一个秘密计划可以阻止……

已经够了。我们不需要再……

第八章

治疗打嗝儿

你明白这是什么意思了吗？如果还不明白，那么就抓住个什么东西，抓紧了，让我来告诉你。我害怕有可能会吓着你的。

好吧，还记得我们讨论过的线索列表吗？你也许会认为所有的线索就像一支支带火的利箭，都指向了可怕的灾难，是吧？天空要塌陷了？噢，这些线索什么也说明不了，全是些垃圾。

不，它们甚至比垃圾更糟糕。你看，不知何故皮特潜入了我们的综合指挥部。他一进到里面就在我们的综合办公室里到处安放微型窃听装置，窃听了我们关于……噢，天空要塌陷的秘密谈话。然后他又侵入了我们大型电脑主机的数据控制系统……

太令人尴尬了！我都无法形容他给我们造成的，嗝儿，损失，太可怕了，这种损失是无法挽回的。

好吧，先让我们把这件事说透了。很显然治安部所有的力量都变成了被嘲笑和愚弄的牺牲品，你也许能猜出来是谁对我们做了这一切。对，就是潜伏、傻笑先生，鬼头鬼脑的小猫先生。

那么跳到萨莉·梅的车顶上又是怎么回事呢？那只不过是一个邪恶的、卑鄙的、低级的、陷害好人的诡计，都是谷仓猫皮特安排好的。这个低劣的诡计算计了我，使我陷入了与房子女主人和汽车主人的双重麻烦……噢，老兄。

你现在明白了吧？我知道你肯定会感到悲哀和震惊。我也是，你知道是什么真正伤了我的心吗？我居然敢相信一个害人精！是的，我辜负了我良好的判断力，不顾本能对谷仓猫的怀疑，竟然，噢，打开我的心扉，梦想着有一天狗和猫能够成为朋友，和平相处，相互信任。

是的，我居然傻到希望和皮特这样的低级臭鼬分享我的梦，世界上所有的动物不分大小都像兄弟一样和睦相处。这是一个崇高的梦想，一个美丽的梦想，但是皮特把它给毁了，把它摔碎在了……嗝儿……什么东西上。

摔碎在了仇恨和猜疑的岩石上。贪婪和嫉妒的岩石上。什么什么的……岩石上，说到岩石，如果我一旦抓住了那个小骗子，我会把他摔碎在……什么什么的……岩石上。

但是我得等等再和皮特算账，因为我现在最紧迫的麻烦显然是……倒吸一口凉气……

她看上去生气了，非常生气。是萨莉·梅。她好像是已经进入了高热原子能反应期。她把眼睛眯成一条缝，往外喷射着有害健康的火焰。她的牙齿，非常白的牙齿，突然变成了巨齿獠牙……她的鼻孔向外张着……

我说过她手中的武器了吗？对了，她从房子里出来，手里拿了把笤帚。我们讨论过萨莉·梅和她的笤帚吗？也许还没有，所以你听听这个。

萨莉·梅的笤帚

当萨莉·梅拿着笤帚出来的时候，

那就是一副象征着死亡的画面。

树上的小鸟突然不敢动了，

微风的动静也变成了哀鸣。

萨莉·梅拿着笤帚来到了这个世界。

当萨莉·梅走出房门，

寂静肯定跟着就来了。

还有紧张和恐怖，怪异和惊慌，

蝴蝶飞着四处逃散，

逃避萨莉·梅笤帚的毁灭。

她的笤帚永远是噩梦的主题，

这个女人并不像她表面看上去那样。

在城里她对人们和蔼友好，

作为母亲和妻子她面带微笑。

人们永远也想象不到她拿着笤帚的样子。

但是问我们狗事情的真相，

我们见证了她笤帚的攻击。

她的甜蜜不见了，她的愤怒出现了，

她脑袋上的眼睛变得野蛮恶毒，

然后她开始挥舞恐怖的笤帚。

当萨莉·梅拿着笤帚出来的时候，

我们都想回到自己的屋里，

或者是在地上挖个洞钻进去，

她的目光能洞穿你的灵魂，

萨莉·梅拿着笤帚来到了这个世界。

萨莉·梅拿着笤帚来到了这个世界。

一首非常怪异的歌，哈？好了，这就是她拿着笤帚从房子里走出来时的情境。蟋蟀藏了起来，兔子钻进了洞里，小孩子躲进了树林，狗开始逃跑。

这正是我想做的，逃跑，但是我，啊，发现自己，嗝儿，没有办法逃走，或者是做点儿别的什么，是真的。我的意思是，我还坐在她的……嗝儿……车顶上。

怎么会是这样呢？

噢，我现在只剩下一件事情可做，那就是寄希望于她的仁慈和善良的本性，乞求她的宽恕，向她解释……我坐在她的车顶上……在干什么。

瞬间，我的尾巴进入慢速的悲哀摇摆模式，开始向她投以最诚挚的歉意和懊悔的目光。然后我把所有的线路切换成手工操作，把磁带倒到了我们称之为"一定是什么地方出了错"的特别节目。节目是这样的。

"噢……萨莉·梅！哎呀，再次见到你真是太好了。你今天早上看上去棒极了。你的浴衣真漂亮。你的发型……啊。总之，你可能……啊……感到奇怪我在你的车顶上……也就是说，在干什么，我的意思是，我知道这样看上去有点儿不合适……甚至，嗝儿，很奇怪，一条狗坐在了……

"但是今天早晨我想向你表达的意思是，出自我内心的意思是，想向你内心传达的意思是……噢，这里面有点儿误会。你看，你的骗子小猫告诉我们……

"萨莉·梅？我觉得你没有用心听，而且……好吧，让我们开门见山。我真的在不应该的时候惹了麻烦。你想让我从你的车上下来，嗝儿，是吧？噢，这是今天早上这个世界上我最想做的事……"

她向我的方向跨进了一步。她的牙齿紧咬着。她的眼睛冒着怒火。蒸气和融化的岩浆喷出她的鼻孔。笤帚被举了起来。

"从我的车上下来，你这个卑鄙的家伙！如果你抓坏了漆面……"

这招不管用。什么也不管用。她的心变得……砰……又冷又硬……砰……嘿，我明白她的意思，她没有必要……砰……

你以为笤帚打不疼吗？疼极了，相信我，我该怎么办呢？坐在那儿给她……砰……当靶子……砰！

我马上关闭了"一定是什么地方出了错"节目，跳下汽车就跑。一个神经错乱的牧场主妇追在我的后面，不停地挥舞着笤帚，我赶紧逃命。

但是在我离去的时候，我还是向小猫发射了最后一发炮弹。"你会为此，嗝儿，付出代价的，皮特！如果这是我能做的最后一件事情，你就会……"

砰！

别在意。重要的是，我想法逃脱了。

萨莉·梅确实很容易被煽动起来，一旦你上了她的嫌疑犯名单，就很难让她把你的名字从名单上去掉。

她就是不理解。如果她只要放下手中的武器，如果她给上我五分钟，让我解释天上的危机……噢，还是算了。

以前我就说过多少次，从某些方面来说，这是一份令人恶心的工作。你一天要工作十八个小时，冒着生命的危险，为牧场做最大的贡献，尽一切努力去做一条好狗，但是……噢，好像是永远也无法满足这些人。

我不知道，他们想要什么？

噢，我跟萨莉·梅的关系又一次受到了打击，但是有一颗明亮的星星出现在我的……地平线上。笤帚的追打治好了我的打嗝儿，对此我很是感激。没有什么事比打嗝儿更让一条狗感到难堪的了。

所以……我们说到哪儿了？噢，对了，我逃命，逃到了牧场总部最西边的小牛棚里躲了起来。换句话说，也就是离萨莉·梅越远越好。在那儿，我包扎了我流血的伤口和断了的骨头……好吧，实际上，没有什么流血的伤口和断了的骨头，但是我的心和精神遭受了无法弥补的损失，所以你也可以说是我的内心破碎了，在流血。

是真的。狗也是有自尊的。当我们被痛斥，被致命的笤帚追打，伤害的是我们的自尊。

在我治疗受伤的心灵，使其康复的时候，你猜谁出现了。是卓沃尔。

他从倾斜的门下面伸进头，扭动着身子爬了进来，给了我一个很傻的微笑。

"噢嗨。你又遇到了麻烦了？"

我用令人畏惧的眼神瞪了他一眼。"我不知道你为什么要这样说，卓沃尔。当你说'又'的时候，就意味着我跟萨莉·梅还有别的麻烦。"

"是的，她这次肯定是发疯了。我认为她会的。"

"卓沃尔，如果你知道那样的信息，为什么不告诉我呢？"

"噢……我说过了，但是你不听。"

"嘿，我当时正在忙着。你以为我到上面去没事找事，去玩？"

"噢……我怀疑过。你到上面去干什么？"

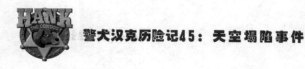

"噢，我在……，我想……"

"你不会是真的认为你能阻止天空掉下来，是吗？"

我站起来，从他的身边走开。"你别搞笑了。当然不会。太荒谬了！我感到吃惊你怎么能想出这样的事情。"

"是的，但是你说……"

"卓沃尔，求你了！难道你还不明白吗？"我停止了踱步，小声说，"我是在执行一项秘密任务，现在还不能泄露我的真实目的。"

"该死。太令人激动了。秘密任务。什么秘密任务？"

"对不起，但是我不能向普通的民众泄露这个信息。"

"对，但我不是普通民众。我是卓沃尔，不掺假的老卓沃尔。我不会告诉别人的。"

"嗯。好吧，告诉你也许没关系。"我走回到他的面前。"好吧，我可以告诉你，但是你必须保证要相信我的话。"

"好的，但是……如果我不相信呢？告诉我是怎么回事，所以我就可以决定是否该相信，然后你就可以告诉我故事了。"

我想了一下。"好吧，我觉得这样能行。"我向后瞥了一眼，然后继续说。"你认为我在车顶上是为了阻止天空掉下来，对吧？噢，那不过是用来掩盖我的真实目的的荒唐故事而已。"

"是的，是非常荒唐。"

"完全正确。事情的真相是我到上面去是为了治疗我可怕的打嗝儿。"

他的眼睛亮了。"噢，是的，你当时正在打嗝儿。我现在想起来了。"

"对。你看，事情都赶巧了？我当时正在打嗝儿，噢，每个人都知道高处可以治疗打嗝儿，对吧？"

"我不知道。"

"这就是我要说的。除了你,每个人都知道高处能治疗打嗝儿,现在即使是你也知道了。因此可以说每个人都知道。你相信我的话,是吧?"

"噢……你知道……"

"卓沃尔,你发过誓要相信我的话,我会坚持让你履行誓言的。"

"噢……好吧。我认为有效果,因为你现在不再打嗝儿了。"

"对。完全正确。如果有效果,那么这件事就一定是真实的。"

突然一个新的想法进入到了我的脑子里……一个卑鄙的小主意。嗯。"你知道,卓沃尔,你自己体验一下治疗打嗝儿的全过程,对你是没有坏处的。"

他的眼睛里一片茫然。"你的意思是……爬到萨莉·梅的车上?"

"对,完全正确。你看看我的效果。"

"它让你挨笤帚的打了。"

"卓沃尔,那是治疗过程的一部分。这被称为笤帚疗法,它每次都能治愈打嗝儿。"

"是的,但是我不打嗝儿。"

我开始拥着他慢慢地向门口走去。"卓沃尔,如果你现在进行治疗,就可以提高你的免疫力,像打疫苗一样。"

"真的,你没骗我?"

"相信我。最近我一直很担心你的身体。"

"噢,那太好了。"

"对。打疫苗在我们的整个健康保健中起着非常重要的作用。我相信你同意这个观点。"

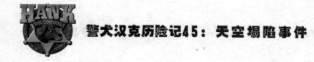

"噢……是的，我认为是这样。"

我们到了门口。"太好了。我们现在就跑到房子去，把这件事办了。你会非常高兴的，相信我。"

"噢，谢谢，汉克。我真的很感谢。"

就这样，我们扭动着身体爬出了门，向房子奔去。

也许你会认为我是在给小矮子设下了一个卑鄙的陷阱，想让他陷入与萨莉·梅的麻烦中。事情绝不是这样。我突然想到如果卓沃尔在车顶上被抓住了，就会……让我怎么说呢？就会，啊……他受到谴责的事就会被传扬出去……这样就会分散一些我身上的注意力，啊，把水搅浑。

你看，我从来就不是那种想要，或者需要所有注意力的狗。你知道，有些狗喜欢这样。如果他们不始终在聚光灯下，他们就会感到不舒服。但是我不这样。我始终坚信分享。我坚信分享幸福的时光，分享胜利、分享奖励、分享光荣的时刻，所以很自然我们还需要，啊，分享痛苦的经历。对吧？

别忘了是萨拉·梅的笤帚真正治好了我的打嗝儿，所以有关疫苗的事绝不是胡扯。我是真的担心卓沃尔的健康，是真的。他看上去非常苍白……好了，他天生毛色就是白的，但还是有点……

我想说的是，他看上去有些病态，你知道对于我们狗来说如果已经生病了或者健康状态不好，打嗝儿是多么危险。

所以我相信你会同意的，这个计划一点儿也不卑鄙，或者可恶，尽管我必须承认……哈哈……我无法掩饰我的笑声，当我……嗨嗨，嚎嚎……当我想到小笨蛋要坐在车顶上……哈哈，嚎嚎……

但我想说的是，我这样做都是为了卓沃尔好，事实上可能有许多乐趣就像是……裹着糖衣的炮弹。

我们小跑过了油罐，经过了翡翠池，上了山坡，到了石子车道。萨莉·梅的汽车就坐在那儿，还在我上次停的地方。还是那辆干净的汽车，只不过现在车顶上有了一些……噢，狗爪子印。在漆面上有一两道，啊，抓痕。

这些很快就会被改变的，哈哈。

我们停在了车的前面。我能看出来，卓沃尔对要进行的反打嗝儿治疗很激动。我指着车。"好，我们到了。"

"噢，好呀，我都有点儿等不及了。你知道，我一贯讨厌打嗝儿。打嗝儿让我听着像个傻瓜。"

"我理解。但是从今往后，这再也不是问题了。"

"噢 伙计。所以我只需要跳到上面？"

"对，跳到上面，然后爬到，嗝儿……"

卓沃尔盯着我。他张着大嘴，瞪大了眼睛。"你刚才……打嗝儿了。"

"我没有。"

"是的，我认为你打了，因为我听见了。如果你还在打嗝儿，这就意味着……"

"胡说。我是……我是被误解了，卓沃尔，打嗝儿是会随时发生的。"

他开始往后退。"你知道，我认为我……"他转过身，以他小腿能倒腾的最快速度跑了。

"卓沃尔，回来！这关系到分享！卓沃尔？我命令你……卓沃尔，回来！"

他以最快的速度跑进了器械棚，消失在里面，这个胆小鬼，在接下来的几个小时里，我们再也没有看见他。

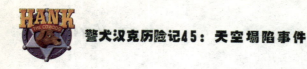

噢，好吧。一个人想帮助他的朋友，跟别人分享他的生活，如果他们不接受，那他也没办法。如果卓沃尔太自私了，不愿意分享我生活中的痛苦经历，那么他就不配跟我做朋友。

那就让他在对可怕的打嗝儿病毒没有丝毫免疫力的情况下，度过他的余生吧。等下一次，他打嗝儿的时候，我会第一个提醒他……嗝儿……

我们曾经唱过"打嗝儿探戈舞曲"吗？也许还没有，因为我们一直想留到非常特殊的时刻再唱，也许现在是时候了。你听着。

打嗝儿探戈舞曲

打嗝儿使我疯狂，
我觉得我的生活被毁了。
我再也忍受不下去了，
打嗝儿使我的神经失常。

我试过狗能试的所有办法：
我曾屏住呼吸数到一万，连数五遍；
我还试过锻炼、杀虫剂和倒立。
你认为打嗝儿可以治好了，
它却变得更加严重！

当你打嗝儿的时候，就无法管理牧场，
它能腐蚀一个人的尊严。
我的情绪很绝望，我能感觉到
我作为牧场治安长官工作的丧钟在敲响。

想象一下如果今天晚上郊狼来了会发生什么，

只要发动一场血腥的突袭就能满足他们的胃。

如果我在大门口遇见了他们，严厉大声地命令他们，

我可能说到一半会打嗝儿，会引起他们的嘲笑。

你看，情况变得越来越糟，

我正在失去统治的权威。

打嗝儿使我神经错乱，

我的敌人会认为我是个笨蛋。

如果听这首歌的人知道治疗的方法，

我恳求你告诉我，快，求你了。

职责在召唤，工作在等待，打嗝儿没意思，

如果我不得不用打嗝儿叫起太阳，给牧场带来新的一天，

那就用打嗝儿叫起太阳好了。

　　你可能会觉得很好笑，我还在打嗝儿。好吧，你想笑就笑吧，我不在乎。

　　是的，我很在乎，你知道是为什么吗？因为这并不可笑，一点儿也不。一条狗作为牧场治安长官，在他执行神圣的任务时，他却……我们已经把那两个字封杀了，我最好还是不提了。

　　但是这并不好笑。

我们说到哪儿了？你看我让打嗝儿给闹的。我有重要的事情要说，而我们却一直没有说到主题上……等等，我想起来了。

我正在思考卓沃尔丢人胆小行为的过程中，这时我抬起头注意到一片愤怒的阴云从西北方向飘了过来。看来这是一个冷锋，在三月，我们经常遇到突然降临的猛烈暴风雨。

我们讨论过三月份吗？也许还没有。这是一年里最爱刮风的月份：北风，南风，来回地刮，有很多风，有时还会突降暴风雨。

总之，我正站在那儿，想着自己的事情，这时我抬头看见一片愤怒的云从西北方向飘了过来。突然空气凝固了，没有一丝风。你可以听见远处有轻微的动静，好像是……那是什么？

我听见我背后的远方有轻微的动静。我转过身，面对着……一只公鸡。是克拉克正向我走来，他低着头慢慢地走着。他没有看见我，走着走着差点儿撞到了我的身上，然后他抬起头盯着我。

"噢，又是你。我终于把母鸡们安抚好了，但却花了我大半夜的时间。你在挑衅女人方面是挺有办法的。"

"谢谢。再见。"

"哈？再见？谁要走了？"

"你。我这个月和鸡打交道的配额已经用完了。在我被烦死之前，赶紧走。"

他一脸的傲气。"噢，那可太糟糕了，因为我还不准备走呢。我还有话要说。"

"你总是有话要说，克拉克，但总是一钱不值的话。"

"噢，是吗？奉告你一句，小狗，这次的话可是非常重要。"

我叹了口气，坐下来。"好吧，我给你三分钟。我只能忍受你三分钟。"

克拉克往身后两侧看了看，向我凑过来。"你还记得昨天晚上你离开鸡舍的时候，我告诉你的话吗？"

"你说，嗝儿，天空要塌下来。但是你知道吗，克拉克？这事并没有发生。"

"是的，噢，这就是我想要说的。你看，我改变了我的预测。"

不知何故，我觉得他的话有点儿可笑，我笑了出来。"改变了你的预测！"

"对。天空要掉下来，这事就像射出去的箭一样是没法改变的，但是它不会像我想的发生得那么快。"

"噢？发生了什么事？"

"噢，先生……风不刮了。你没有注意到吗？"

"我当然注意到了。我的工作就是注意每一个细节。"

"噢，我也注意到了，我把我的预测往后推迟了一个月，因为风不刮了。"

"所以天空要在四月掉下来？"

"是的，先生，这正是我要说的。你看，当不刮风的时候，天空不会掉下来。"

"为什么会这样？"

他盯着我，眨了眨他大大的红色鸡眼睛。"噢……就因为它不会。我也不知道为什么，我并不是对每一个小问题都有答案，先生，但是我可以告诉你：如果不刮风，天空就不会掉下来。"

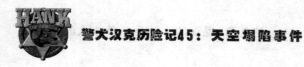

"你肯定这事将发生在四月？"

"没错，小狗。你还想让我说多少遍？"

这事原来比我想象的还有意思。你知道为什么？因为就在克拉克告诉我的时候，我看见了他身后的冷锋，从西北向我们压了过来。这些乌云离我们越近，样子看着越狰狞，我有一种感觉，它们的后面就是风。

哈哈。

克拉克的三分钟结束了，但是我决定同意他再待上一会儿。"如果风突然来了，你还怎么说？"

"啊？我什么也不会说，因为这是不可能的。风已经把自己刮跑了。"他站直了身子，"下个月，狂风将会袭击地球。狂风将会怒吼，尘土将会飞扬，可怕的乌云将会覆盖地球。小狗，记住我的话，当这一切都发生的时候，天空就要……"

太完美了！如果整个事情是我自己策划的，我都不可能把时间选择得这么好。就在克拉克夸夸其谈到最兴奋的时候，冷锋像一列满载的火车向牧场滚滚而来。正是克拉克在他骗人的预测中所描述的景象！

让我告诉你吧，接着是一阵轰鸣。我看见它过来了，你看，但是克拉克绝没有预料到。就在他的演讲达到戏剧性高潮的时候，云向我们滚滚而来，风开始呼啸。

克拉克甚至还没来得及感到惊讶，风就把他吹离了地面，使他像一个空罐头盒一样在地上翻滚，羽毛到处乱飞。如果他没有撞在器械棚的墙上，他也许会一直翻滚到南得克萨斯去。

噢，你是了解我的。当我看到我们牧场的小鸡遇到危难时，我会第一个冲上去提供帮助和安慰。哈哈。任由尘土和沙子打在我的脸上，我冲到他的身边。他脸朝上靠在器械棚的墙上，用空洞的眼睛盯着天空。

"克拉克，你受伤了吗？"

他揉着头上的一个包。"你想干什么？"

"你的演讲还没有结束呢。你刚刚说到重要的部分。你刚才在说什么？"

"小狗，我有一种感觉，你认为这很好笑，但是一点儿也不好笑。你知道这意味着什么吗？"

在狂风的怒吼中，我大声喊道："是的，我意识到了。这意味着你跟我平时想象的一样愚蠢。这意味着你又一次浪费了我宝贵的时间，但是这次就算了，因为看着你被风刮跑我真的很高兴。哈哈哈。"

他瞪了我一眼，挣扎着顶风站了起来。"不，先生，你说得不对。这意味着……你看，还没有到夏季时间，风就开始到处游荡，把所有的事情都搞乱了。四月提前了一个月来了，天空肯定要掉下来的！我敢打赌。"他在风中弯着脖子，跋涉着走了。"找个地方躲起来，小狗！我得去找爱丽丝，去提醒那些母鸡！救命！快跑！找地方躲起来！天空要掉下来了！"

看着克拉克努力地想回到鸡舍去，真是太有趣了。你看，在大风中，任何长着羽毛的东西都会变成风筝。老克拉克往前走了两步，然后被吹到了路边，又向前走了两步，然后又摇摇摆摆地到了路边，一路扯着脖子大叫着："爱丽丝，快逃命吧，亲爱的！天空要掉下来了！我知道，它马上就要掉下来了！"

真是只傻鸟。

噢，我正在欣赏着精彩的演出……好吧，还得防止自己被大风刮跑，这时，我听见身后有一个声音。我转过头，看见卓沃尔从器械棚大推拉门的缝

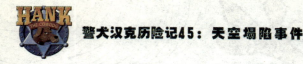

里伸出了脑袋。

"汉克？我刚才听见有人说天空要掉下来！这风……噢，我的天哪，太可怕了！"

我摇摇晃晃顶着风向器械棚走去，那儿可以躲避暴风雨。在器械棚里，我耸立在我胆小的助手旁，用正义的愤怒眼神瞪着他。

"卓沃尔，你目前最大的问题不是风，而是你不服从命令，没有完成接种疫苗的工作。"

"是的，但是如果天空开始要掉下来了，我就是还打嗝儿，也没什么关系。救命！我的腿！"

"卓沃尔，我们已经讨论过天空要掉下来的事了。那是绝对不可能的，那不过是鸡的一个谣言。"

"是的，但是我不停地听见人们这么说，还有这风……"

"不停说这件事的不是人，而是鸡。"

他困惑地看了我一眼。"你的意思是……"

"是的。你听见的是克拉克的声音。他还在认为天空要掉下来，但他永远是一个悲观主义者。"

"什么？"

我给肺里吸满了气，大喊道："我说他是一个永久牌的悲调主义者！"

"他弹钢琴？"

"什么？在大风里，我听不见你说什么。"

"克拉克弹悲调钢琴曲？"

我盯着这个小矮子。"谁？弹悲调钢琴曲？卓沃尔，你在说什么呢？"

"我也不知道！我认为你说……你说他弹悲调钢琴曲吗？"

"不，不，不！我说克拉克是一个永久性的唱悲调的人。"

"他会唱歌？"

"是的，完全正确。他喜欢散布谣言。这就是为什么他不停地预测天空要掉下来。"

"那么谁弹琴呢？"

我闭上眼睛，把头垂到胸前。我感到很无奈，被混沌的力量折磨得筋疲力尽。"卓沃尔，咱们别说这个了。跟你进行一次正常的谈话总是很困难，而在大风里，简直就不可能。"

他耸了耸肩，给了我一个傻笑。"伙计，我真的喜欢听钢琴曲。"

我的心一阵狂跳，我盯着他空洞茫然的眼睛。我的两片嘴唇在要发出一声咆哮时，开始扭曲抽动……

啊？

除非是我的耳朵欺骗了我，一辆汽车刚刚……我向左转过身，看见……天哪，一辆小货车正冲着我驶来！除非我快点儿，跳到路的下面去……

第十章

我不理斯
利姆了

你也许会担心，着急，想知道我是否被野蛮疯狂的家伙所驾驶的超速小货车撞倒了，碾了过去，对吗？噢，只差一点儿，但是你尽管放心，经历了严酷的考验，我还活着。

但是也有悲惨的部分。司机不是一个普通的野蛮疯狂的家伙，或者是一个陌生人错误地进入了牧场总部。不是，先生。我认识这个家伙，非常了解他。你愿意猜猜他是谁吗？

斯利姆·常思，牧场的雇工，一个我认为是我最好的朋友的人。情况是这样的，悲惨的故事是这样发生的。

你看，他是故意的。他看见我坐在那儿，在想自己的心事。我没有妨碍任何人，在大风的呼啸声中什么也听不见。所以他想干什么？他想悄悄地从我的后面吓唬……

我们这个牧场的牛仔们经常这样干。一只狗永远都不能放松。一旦我们放松了警惕，他们就会不知从什么地方跳出来，对我们施展他们心灵扭曲的恶作剧。

你看，他现在就是这么干的，想拿我开心。他按着喇叭，紧急刹车，车滑行着停在了离我只有几英寸的地方。然后——你简直无法相信——他居然有胆量摇下车窗喊道："别害怕，小狗，斯利姆·常思有把握！"

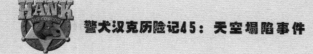

非常好笑。

你还以为一个有固定工作的成年人应该用他的时间找点儿更有意义的事情做，而不应该……如果不是风在呼啸怒吼，一英里以外我就能听见他。他永远也不可能像这样悄悄地溜过来。

嗝儿。

你看见他对我做了些什么了吧？他这样吓唬我，可我愚蠢的嗝儿又回来了！我已经用"打嗝儿探戈舞曲"治疗过了，但是现在……好了，没关系，如果斯利姆想用这种方式，嗝儿，生活，他可以尽情地这样生活，只是不要要笑他忠诚的狗。

我已经受够了他无聊的恶作剧。

我们的友谊完了，到此结束了。被一阵风……实际上是被一阵沙子和石子给毁了，但重要的是我们的友谊完结了。

我们的友谊就这样了。

这一点很重要。

你知道我是怎么做的吗？我故意不理他。是真的，先生，我把头保持在一个受了伤害的角度，背过脸去，进入了我们称之为"我这次是来真的！"的程序。在这个程序中，我们拒绝看对方，或者与对方建立任何形式的眼神交流。噢，我提到过尾巴吗？尾巴不做任何动作，什么都不做，甚至一动不动。就像是一条死了的尾巴。

还记得那句老话吗？"尾巴死了，狗的心也就死了。"我们现在就是这样做的，一条没有生命的尾巴就意味着放弃了希望，再也不会快乐地摇摆，或者是大幅度地友好地摆动了，这条尾巴已经受到了残酷生活的摧残，变得十分气馁，它再也不会摇摆了。

动真格了，哈？的确是这样，但是别忘了，我的感情受到了严重的伤害。这一切都是斯利姆自找的。他给自己铺好了床，现在却叫小鸡睡在了上面。

小鸡？

停，先停一下！难道这是神秘事件的又一个线索？我的意思是，可别忘了整个事件就是从我去响应鸡舍里的三级警报开始的，就是从那时起小鸡突然出现在我的生活里的。

嗯。我看着大脑里巨大的电脑屏幕，输进了指令搜索关键词"小鸡"。数据控制中心开始运转，几秒钟之内……

好吧，跳过这一段。这不是线索，而是虚假警报。

我们说到哪儿了？噢，对了，我正在实施躲避程序，做出一副尾巴死了的状态。我讨厌对朋友采取如此激烈的方式……也可以说是，对过去的朋友，但这是他罪有应得，这就叫恶有恶报。

我也无能为力。

我们的友谊结束了。

我听见身后斯利姆的声音："快点儿，小狗们，快上车！我们要去喂牛了。"

真是太可悲了。斯利姆居然还不明白，他已经最终把他忠实的朋友推下了悬崖。我转身面向坐在我身边的小傻瓜。

在呼啸的狂风中，我大声喊道："卓沃尔，你去。"

"去干什么？"

"你去小货车里。"

他毫无表情地盯着我。"不，我认为是斯利姆。"

"什么？"

"小货车里的不是蛐蛐。而是斯利姆，他在小货车里。"

"我就是这么说的！"

"我认为他想让我们去小货车里面。"

"什么？他有一只蛐蛐在里面？我不理他。你去。"

卓沃尔把头扭到一边。"他有一只蛐蛐名字叫'不理'？"

我觉得我的眼珠儿要从头上暴出来了。"我没有说过他的名字叫'不理'！我不知道斯利姆的蛐蛐的任何事，我也不关心他的名字是叫'不理'，还是叫'劳瑞'，或者叫别的什么。我跟他没有任何关系了。你和'不理'跟着斯利姆去喂牛吧。"

卓沃尔满脸的困惑。"'不理'是斯利姆的蛐蛐？"

风实在是太大了，卓沃尔说的话我有一半听不清楚，而且也没法弄明白他说的另一半。斯利姆真的养了只名字叫'不理'的蛐蛐当宠物？卓沃尔是这样说的吗？

最后，在绝望中，我把嘴对着卓沃尔的耳朵说："卓沃尔，去跟斯利姆喂牛。我待在这儿。"

"噢，你不去吗？"

"完全正确。我辞职了。"

他咧着嘴笑了。"噢，我一个人占所有的座位？啊，太好了，我要占副驾驶座！再见，谢谢，汉克！"

啊？

我用充满愤怒的眼神看着这个小笨蛋跑向小货车，跳了进去，扑通一声把他傲慢的小屁股坐在了本应属于我的小货车座位上。斯利姆挂上了倒挡，开始倒回石子车道上。

我用眼睛向周围看了看，我发现自己陷入了新的非常严峻的道德困境里。你明白我现在面对的是什么吗？只是在几秒钟之前，为了表示抗议，我刚刚递交了辞呈，卓沃尔就迫不及待地利用我的辞职给他创造的机会，当仁不让地坐在了本应属于我的地方！

我是坐到那儿，向他表示我的义愤？还是让这个小东百坐在小货车的副驾驶座上，就好像他已经赢得了这个权利？

不，决不，这里必须有人要表现出他的责任感来！卓沃尔不行，斯利姆是个推卸责任的人……只能是我了。我没有别的选择。

我关闭了死尾巴程序，在小货车后面追赶，大幅度地摇着尾巴，狂吠着发出紧急信息："嘿，斯利姆，等等！我，啊，改主意了……好吧，我们可以忘掉你廉价的把戏，但是不能再让这样的事情发生了，听见了吗？"

他停下小货车，打开了车门。你看，责任感有着多么大的威力？即使是斯利姆这样不知羞耻爱开玩笑的人也无法拒绝我为整个牧场所树立的道德榜样。他说了几句触动到我灵魂深处的话："快点儿，你这个家伙，在风把车门吹跑之前，快上来。"

非常感人，哈？的确是这样。有我帮助他工作，他感到很激动。我猜我小小的抗议把他给吓坏了。

我跳进了小货车的驾驶室。我可以自豪地告诉你，我直接走到我的助手面前，用轻柔成熟的语调对他说。"走开，你这个小矮子，你占了我的位置。"

他挪开了，我又重新占领了象征着荣誉、靠窗子的乘客一边。你不知道吧，副驾驶座就是猎枪位，就是指靠窗子的特殊位置。我们称之为"猎枪

位"是因为……

……是因为在很久以前，在发明小货车和狗粮之前，你看，因为他们没有小货车，人们和狗不得不坐公共马车出行。在每一辆公共马车上都有一个靠右边的窗子，如果你坐在这个位置上，你就必须拿一杆猎枪，因为……噢，因为在那个时候，蚊子特别厉害，个头有鹌鹑那么大……

还是不说这些了。我不知道我们为什么称它为"猎枪"座位，但重要的是我们就这样叫了。如果你还有更多的问题，你可以去问小鸡。

我们说到哪儿了？噢，对了。这是在三月，三月里刮着狂风的一天。卓沃尔和我跟着斯利姆·常思去喂牛。在我们去草场的路上，我一直坐在副驾驶座上。到了草场，斯利姆把小货车停在一个小山上。他按了按喇叭，等着牛群来吃料。

大风从西面呼啸而来，风太大了，我们能感觉出小货车在大风中的晃动。噢，大风呻吟着穿过小货车门的缝隙，真是一个辛苦的早晨。

一个寒冷的早晨。

一个呻吟的早晨。

一个悲哀的早晨。

斯利姆从窗子向外望去，摇了摇头，然后他把带红眼圈的眼睛转向了我。

"你知道吗？小狗，我有一种感觉，我们的祖先不是在三月来到这个国家的，因为如果他们是在三月来的，我们的女祖先就会告诉他们继续往前开。我的天哪，这风太可怕了！"一股强劲的风卷着沙子打在斯利姆的车窗上。"把我干净的小货车都弄脏了。"

干净的小货车？我盯着斯利姆，想……好吧，这只不过是个玩笑。虽然并不好笑，但我还是使了吃奶的劲挤出了一丝笑容。难道你不知道吗？这也是狗工作的一部分。我们不仅要分担痛苦，而且还有责任对玩笑做出反应。当他们开粗俗的玩笑时，我们应该大笑，或者至少也要做出微笑来。我知道，这样看上去有点儿傻，但我们就是靠这个生存的。

这要比追逐鹌鹑，或者是拖着雪橇穿越冻土艰难得多。

但是我注意到卓沃尔没有尽他的责任。他没有大笑，或者微笑，而是看上去处于一种混沌状态，盯着窗外……我们从来都不知道当他处于梦幻状态时，他看见了什么。我也真的不关心。重要的是在我承担起治安部所有的重任时，他却甘当一名懒鬼，慢吞吞的。

"卓沃尔，我觉得你对你的工作没用心。"

他的目光移动到我的身上，透过他大脑里的迷雾，我看见他的眼神开始清醒了。"噢，嗨。我们到家了吗？"

"不，我们不在家里。我们在等着牛群到喂料的地方来。"

"真该死。我也正在等着。"

"当然了，这也是你正在做的，因为你跟我和斯利姆在这儿的小货车里。"

"真该死。我就知道我在什么地方。"

"是的，你的身体在这儿的小货车里。但是我们不清楚你的思想跑到哪儿去了。"

"噢，始终跟我在一起。到什么地方我们总是一起去。"

我瞪了这个小矮子一眼。"卓沃尔，斯利姆感到无聊了，他开始说一些粗俗的笑话。他希望我们狗能有所反应，你把所有的工作都丢给了我。你是不是也受累听一听，也许甚至还可以时不时地笑一下？"

97

"噢，没问题。哈哈哈。嘿嘿嘿。那个笑话不错。"

"你没有听见他的笑话。"

"噢。他说的是什么？"

"他说……说实话，卓沃尔，我不记得了。"

"噢，那肯定不是特别好笑。"

"一点儿也不好笑。但关键的问题是，如果他的笑话真的好笑，我就不需要你帮助了。他说的是一个很粗俗的笑话，让我们的工作很难做。"我跟他鼻子对着鼻子。"现在，我会非常感激的，如果你能……"

你们不会相信接下来发生了什么。我惊呆了。

第十一章

危险！
高压！

你看，就在我把鼻子凑近卓沃尔的鼻子时，一个电火花跳跃在两个鼻子的中间，使我们为之一震。

我发现自己在盯着卓沃尔的眼睛。"你刚才……你刚才电着我的鼻子了！"

"不对，我认为是你电着我的了。很疼。噢，我的鼻子！"

"卓沃尔，我就坐在这儿看见了。你通过你的鼻子发出的电花，到我的，嗝儿，鼻子上。"

"糟糕，你还在打嗝儿。"

"我不再打嗝儿了，别转移话题。嗝儿。"

"那么你刚才为什么又打嗝儿了？"

"我没打嗝儿。我是在说'别'，别转移话题。"

"好吧，但是我把话题给忘了。"

"你电了我的鼻子。别想否认。"

"那好吧。但是我没干。"

"卓沃尔，"我又把鼻子戳在他的脸上，"你怎么能坐在那儿就……"

哟！

同样的事情又发生了，又一次被巨大的电流电得一晃。肯定有一万伏，

应该是伏，我猜电流应该用伏来表示。至少有五万伏。痛吗？的确很痛。

卓沃尔笑了。"你看？不是我干的吧。"

"我看见了，伙计，就是你干的！因为电流不是从我这儿来的。我不知道你想干什么，卓沃尔，但是我肯定……"

就在这时，我注意到斯利姆正在看着我们，嘴上露出灿烂的笑容，我能看见他的牙齿上沾的尘土和沙子。他说（这是直接引用他的话）："嘿。冷风可以制造很多静电，你们狗是在放电。"

啊？

静电？那好吧，也许卓沃尔不是真的……

你看，当风刮得足够大、足够长的时候，它就会吸收电线里的电流，然后再抛到空气中，突然空气就会……我不知道会怎样。反正就是风干了什么事情，这些致命的电流就……

重要的是，关键的是，我突然意识到围绕着我们的空气里到处都是致命的高能电流，对我来说跟我的助手鼻子挨着鼻子已经十分危险了。

这时，我做了一条正常的健康的美国狗应该做的。我从卓沃尔的身边往后退，嘴里嘟囔着："卓沃尔，有时候我认为你想把我的生活变成笑柄。"

他竟然回答说："噢，谢谢。我也有同样的感觉。"

就在这时，斯利姆打开了车门，下去喂牛，我的思绪被埋在了大风刮起的沙子和尘土的下面。小货车的驾驶室里突然变成了风的通道，一些草跟沙子和尘土一起在空中飞扬。

在大风中，我听见斯利姆的大叫声："出来，小狗们！你们应该去响应野性的召唤！"

出去？到大风中去？他疯了吧？你拉倒吧，伙计，我在小货车里待着挺好的。

"从我的小货车里出来，你们该干活了！"

好吧，没问题，但是他没必要对我们大声嚷嚷，就好像我们是聋子，或别的什么。他应该知道，我不是聋子，我不需要去，用他愚蠢的话说就是："响应野性的召唤"，但是如果他大声嚷嚷，大喊大叫把这事弄得好像很重要……

我跳下小货车，立刻被一阵风刮到了一边。卓沃尔的爪子接触到地面的时候，他觉得风在他的脸上打了个耳光。他把自己缩成一个小球，开始抱怨："噢，我讨厌这大风！"

我听不清他在说什么。"你在咽什么？"

"这大风！"

"你在咽风？"

"是的，全身心地！"

"你用你的身心咽风？卓沃尔，如果你真的想咽风，你也应该用你的嘴，而不能用你的身心。"

"谁穿背心了？"

他听不见我的话，所以我在怒吼的大风中提高嗓门："不，我是说你应该用你的嘴咽，不能用你的身心。"

他表情茫然地盯着我。"猫穿着背心？"

"什么？你看见猫了？卓沃尔，你为什么不立刻通知我？"

"不，是你说得猫穿着背心。"

"什么？你大声点儿！你说猫穿着背心来了？"

"不，我说……"突然，他躺在地上，流出了眼泪。

我跑到他的身边。"怎么了，伙计？发生了什么事？"

他流着眼泪抱怨着："我不知道我们说的是什么！我被搞糊涂了，我讨厌大风！"

"什么？"

"我说，我讨厌大风！"

"现在没有时间想吃的，伙计，尤其是在这可怕的大风里。咱们别说话了。"

整个天空变成了肮脏的灰色的幕布，风滚草在天空中飞舞着。沿着小溪，高大的木棉树在呼啸的大风中呻吟着，扭曲着。

我们看着斯利姆挣扎着把一袋牛料在地上撒成一行。袋子的边缘在风中鼓动着，他的帽沿被风折到了耳朵上。如果他不是用手按住帽子，恐怕他的帽子早就一路飞去墨西哥了。

等他撒完了饲料，他摇摇晃晃地回到了小货车旁，大声喊着："这该死的风！上车，狗儿们，我们去谷仓！"

是的，长官！一眨眼的工夫，我就跑到了车门前，在那儿等着斯利姆的到来。我蹲伏在地上等着他打开车门。你看，我早就计划好了。在他打开车门的瞬间，我就会跃进驾驶室里，把大风和尘土隔在外面。

非常聪明，哈？的确是这样。这是我们在治安业务中经常用到的特殊技巧。我们发现精心地计划能节省很多时间。

他抓住门把手，开始拽，我及时完美地跃起……

砰！

好吧，斯利姆没能打开车门，全是因为风，我……啊……在小货车的门上弄伤了鼻子，也可以说是，撞伤了鼻子。车门不仅撞伤了我的鼻子，还引起了我打嗝儿，使我觉得既尴尬又丢人。

我的双眼充满了疼痛的眼泪，透过泪水我用模糊的视线看着斯利姆，看见他正在……

你也许会认为如果一条忠诚的狗在小货车的门上撞坏了鼻子，他的牛仔朋友至少会表示一些关心，对吧？噢，他没有。你知道他在干什么吗？他在笑，还大声喊着："车门开着的时候，你这样做可能会好一些，小狗。"

非常可笑。

我需要别人来告诉我，车门开着的时候，再跳进小货车会好一些吗？不。但是这并没能阻止他……算了，咱们不说他了。

噢，再补充一句。当你知道了我的鼻子撞在车门上所引起的震惊治好了我的打嗝儿，你肯定会高兴的。

十五分钟后，我们回到了牧场总部，把小货车停在了器械棚的前面。鲁普尔正站在谷仓里向外看着天气。我们冲出小货车，躲进了谷仓里。在里面，我们盯着外面的狂风，听着狂风从铁皮房顶经过时的隆隆声。伙计，那可是很大的隆隆声。尽管我们都知道谷仓非常坚固，我们还是开始担心它是否能经受得住大风的力量。

我注意到斯利姆和鲁普尔抬着头在查看椽子。然后鲁普尔说："收音机里说风速要达到每小时六十英里。跟你说，咱们还是歇一天，待在房子里。这风大得能伤人。"

斯利姆点了点头，表示同意。

鲁普尔挥挥手说了声再见，用手抓着帽子，向房子快步走去。斯利姆关上器械棚的推拉门，跑向了小货车。他启动发动机，开车跑了，丢下我和我的助手……噢，坐在那儿，被风摧残。

第十二章

这个结局很
吓人，所以
要小心

我们待在那儿，站在器械棚的外面。卓沃尔发出了一声呻吟："除了我们，每个人都有房子，现在他们都走了。我们怎么办？"

我振作起精神抵御着强烈的狂风。"我们……我也不知道我们该怎么办，卓沃尔，但肯定不好过。你知道，这样的一天太糟糕了，一对忠诚的狗待在呼啸的暴风里，被丢下……"

一阵大风刮跑了……吹走了……淹没了我的话，风太大了，整个谷仓在隆隆声中颤抖着。

卓沃尔的眼睛由于恐惧瞪得很大。他向四处看了看说："汉克？你还记得克拉克说的话吗？"

"不。我从来不相信小鸡说的话。"经过了一阵沉默，"他说什么了？"

"他说……他说当狂风袭来的时候，就是天空要掉下来的前兆。"

"胡说八道。我们今天已经讨论过二十遍了，没什么可说的了。"

"你……你还记得昨天晚上皮特说的话吗？"

"卓沃尔，我从来不信小猫的话，你应该也知道。"又是一阵沉默。"皮特说的跟咱们当前的局势有关系吗？"

卓沃尔转动着眼珠儿，看着灰色的天空。"你不记得了？他预测天空要掉下来。就在今天。"

"你在说什么，卓沃尔？你是想吓唬我吗？对不起，没用的。奉劝你一句……"

就在这时，一股强大的，凶残的，令人难以置信的狂风向我们袭来，刮得我们离开了原地，翻滚着穿过了石子车道。我们翻滚了有二十或者三十英尺，如果我们不被蓄水池的北墙挡住，也许会翻滚上二十或者三十英里。

我挣扎着站起来，跟你说吧，很不容易。我的意思是，这时的风更大了。我的耳朵被直接吹到了脑袋的后面，我几乎睁不开眼睛。噢，现在天空到处都是飞舞着的东西：风滚草，一个空漆桶，一个食品袋，还有几根鸡毛。

咦！鸡毛？难道这又是一个线索？你看，在治安工作中，我们既有事实也有线索。有时候事实只不过就是事实，但是有时候事实不仅是事实，还能变成线索。说实话……

我们还需要再看一遍，嗝儿，秘密线索的列表吗？也许我能概述一下。认真听着，因为我可不想再重复一遍，尤其是在可怕的大风里。

好吧，在过去的二十四个小时里，我们收集了一个秘密线索列表，是吧？它们其中的一些，或者甚至很多的线索都以各种方式和鸡联系在一起，是吧？我的意思是："鸡"这个字不断反复地出现，不知是什么缘故，所有的线索好像总是指向……

在呼啸的大风中，我高声喊道："卓沃尔，我现在改变主意了。"

"什么？救命，杀人了，噢，我的腿！"

"卓沃尔，我们两个都同意鸡首领不过是个傻克拉克，我们应该不理睬他关于天空要掉下来的愚蠢的预测，还记得吗？"

"救命！"

"好了，我现在开始认为……卓沃尔，我们需要立刻找个地方躲起来！我不是想吓唬你，但是突然我开始怀疑……天空要掉下来了！！跟着我，伙计，我们的生命受到了威胁！"

"救命！这条腿疼死我了！"

两条勇敢的狗挣扎在这个世界上，被有记载以来最强烈的风吹得上下翻滚。你也许以为，我们会跑回治安部宽敞的综合办公室去，躲在我们的麻袋掩体里。这倒不失为一种符合逻辑的做法。我的意思是，再也没有比麻袋掩体更安全，更温暖，更友好，或者更保险的地方了。

不幸的是已经太晚了。我们没有别的选择，只能就近找个建筑物躲起来，在鸡舍的西边正好有一个小的木头工具棚，它下面的地基是用空心砖砌的。

冒着令人难以置信的风险，顶着呼啸的大风，穿过刺人的沙雨和空中飞舞的残骸，我们摇摇摆摆地行走着。噢，你应该好好看看我们！普通的狗早就被大风吹走了，然后被掉下来的天空砸成肉饼，但我们总算是到了工具棚。

我担心我们不得不从棚子的下面爬进去，在到处都是尘土的黑暗中和黑寡妇蜘蛛、蜥蜴、蜈蚣藏在一起，但是好运与我们同在。棚子的门已经被大风从合页上刮掉了，所以我们能跳进去，藏起来。

哟！尽管大风刮得棚子在地基上一直在晃动，大风咆哮着经过了铁皮房顶，我们还是知道我们终于安全了。

卓沃尔甚至还勉强挤出了一丝淡淡的微笑。"天哪，我们做到了。"

"我们当然能做到。你曾经怀疑过吗？"

"噢，是的，我是有点儿担心……汉克，你认为天空真的要掉下来吗？"

"毫无疑问，伙计。我是说，这个案子的线索组成了一个荒谬的反复模式，但是通过这些线索，我从没有一刻怀疑过天空确切的要在今天掉下来。"

他用怀疑的目光盯着我。"你不是在开玩笑吧？但是我认为……"

"我也曾有那么一两次迷失了方向，但是每次我重新回到线索列表，这些线索都告诉我同一件事情，卓沃尔。这些我们在过去二十四小时里收集的线索指向同一个结论：很快，天空就要掉下来。幸运的是，我们待的地方能经受住掉下来的云和其他东西的重量。"

卓沃尔叹了一口气。"噢……这么说克拉克一直是对的。皮特也是对的。"

我用带火的目光瞪了他一眼。"卓沃尔，我们否定了他们的证词。"

"是的，但他们是对的。"

"他们是由于错误的原因才对的。我们怀疑在他们虚假的预测中有很强的幸运成分在里面，所以，也可以说是，我们把他们从我们的文件里删除了。"

"你的意思是……"

"完全正确。我始终预测，天空将要掉下来，卓沃尔，让事实来证明我……"

突然就好像是自然的力量也凑巧来证实我的预测，我们周围的空气被天空掉下来的声音震碎了。这是我曾听见过的最震耳，最恐怖，最吓人的声音。在呼啸的大风中尖叫的铁皮被撕成了碎片，呻吟中的木头被扭曲成了牙签。

你看？我没有告诉你吗？我们亲耳听见天空掉下来了。

也许你能想象出来，卓沃尔和我趴在地上，用爪子捂着眼睛……期望着最好的结果。当天空开始掉下来的时候，你没什么好做的。你只能坐下，等待着天空毁灭一切。

我们等啊等。几分钟过去了，风渐渐地小了，然后变成了耳语声。

"卓沃尔，你在吗？"

"我认为我在。"

"好。干得不错，伙计。我觉得我们现在可以出来了。数到三，我们把爪子从眼睛上拿掉，看看外面的世界还剩下了些什么。"

我深吸了一口气，数到三，睁开了我的……

啊？

卓沃尔第一个说话了："汉克？噢，我的天哪！天空还在上面，但是……房顶没了！"

我用眼睛向四周看了看。我的大脑在高速运转着。"当然了！为什么我不这么想！"

"你说天空要掉下来，但是它没有。天空还在，但是房顶没了。"

"我就是这样认为的，你不明白吗？我研究了这些线索，我一直没错，但是我忘了一个小小的细节。"

"什么细节？"

我拍着爪子，笑了。"我忘了给秘密线索列表解码了！我太傻了！"

卓沃尔的眼珠儿对到了一起。"我还是不明白。"

"秘密线索列表是用密码写的，卓沃尔，为了防止万一敌人侵入了我们的系统，是用来迷惑敌人的。你听着。"突然间的顿悟使我兴奋地踱起步来。"所有的线索都说天空将要掉下来，是吧？但是当我们给这些信息解码的时候，它们就应该是……"

卓沃尔瞪圆了眼睛。"……房顶将会飞走！"

我停止了踱步，转过身，给了小矮子一个胜利的微笑。"完全正确！你知道我们做了什么吗，卓沃尔？我们破解了这个神秘事件！我们的系统和程序运转得非常完美。二十四个小时以前，我们就预测了工具棚的房顶将会被吹走！"

"是的，我甚至还梦见了，还记得吗？"

"对。干得好，士兵。最重要的是我们完全没有相信公鸡克拉克、谷仓猫皮特和鸡舍里的乌合之众。恭喜你，卓沃尔，这也许是我们最荣耀的时刻。"

噢，该说的都说了。当他们写我们牧场治安部的历史时，我有一种感觉，他们一定会把这个案子作为反映牛仔犬的智慧、奉献精神和判断能力的典型案例。

你坐在前排，看见了事情的全部过程。本次事件中的最大胜利就是狂风治愈了我的打嗝儿！非常不可思议，哈？的确是这样。

故事讲完了。天空没有掉下来，我们努力使牧场度过了又一个危机。还能有比这更好的结局吗？我看没有。再见。

案子，嗝儿，结了。

第46册《狡猾的陷阱》

有人从饲料棚里偷饲料，汉克知道他的工作就是要想尽一切办法帮助主人抓住这个罪犯。所以当斯利姆在饲料棚里设置了一个动物诱捕器的时候，汉克自愿承担了半夜去查看诱捕器的任务。不幸的是，诱捕器比汉克想象的要复杂得多，汉克在进行调查的过程中，他把自己给……噢……关了进去。汉克能找到摆脱这个棘手局面的方法吗？或者这意味着汉克作为牧场治安长官的生涯将尴尬地结束？

下册预告

你读过警犬汉克所有的历险吗？